KB062373

로크미디어가
유혹하는
재미있는 세상

이것이 법이다

이것이 법이다 35

2018년 4월 26일 초판 1쇄 인쇄
2018년 5월 1일 초판 1쇄 발행

지은이 자카예프
발행인 이종주

기획 팀 이기헌 왕소현 박경무 이승제
책임 편집 최전경

발행처 (주)로크미디어
출판등록 2003년 3월 24일
주소 서울시 마포구 성암로 330 DMC첨단산업센터 3층 314호
Tel (02)3273-5135 **Fax** (02)3273-5134
홈페이지 rokmedia.com **E-mail** rokmedia@empas.com

ⓒ 자카예프, 2015

값 8,000원

ISBN 979-11-294-0818-1 (35권)
ISBN 979-11-255-9575-5 04810 (세트)

이것이 법이다

35

자카예프 장편소설

ROK
MEDIA

로크미디어

CONTENTS

너는 꼼수다

"성화?"

"네."

노형진의 말에 유민택은 어리둥절했다.

자신이 아는 한 성화가 끼어들 여지가 없는 게 콜 센터 업무다.

그냥 민원이나 수리 접수를 하는 곳이 콜 센터다. 그런데 그런 곳을 성화가 공격했다는 사실이 그로서는 당황스러울 수밖에 없었다.

"아니, 성화가 왜 우리 콜 센터를 공격해? 돈이 되는 것도 아닌데."

콜 센터는 돈이 되는 업무도 아니고, 거길 공격한다고 해서 뭔가가 확 바뀌는 것도 아니다.

물론 약간의 불편함이 있기는 하겠지만 그게 획기적인 공격 방법이 될 수는 없다.

그런데 성화라니?

"잘못 안 거 아닌가?"

일단 명확하게 증거가 나온 상황이 아니니만큼 잘못 알 수도 있다는 가정을 하는 유민택.

하지만 노형진은 고개를 흔들었다.

"생각보다 우리 쪽의 타격이 클 수도 있는 작전입니다."

"타격이 크다고?"

"네, 하지만 우리가 의심도 못 할 작전이고요."

"그게 무슨 소리인가?"

"회장님이야 일반인에 대해 잘 모르니까 그다지 타격이 없을 거라고 생각하실 수 있겠지요. 하지만 일반인들에게 콜센터 연결은 생각보다 스트레스가 많이 쌓이는 일입니다."

우리나라 물건을 사는 사람들이 기대하는 것은 뛰어난 성능보다는 훌륭한 지원이다.

즉, 대부분의 사람들은 고장이 나면 고쳐서 쓴다는 개념으로 물건을 산다.

그러나 물건에 애착을 가지고, 그 물건을 새것으로 바꿔준다고 해도 거절하는 사람도 있다.

당연히 그런 물건들은 수리를 해서 쓰려고 한다.

"그런 고객들이 적지는 않습니다. 특히나 핸드폰 같은 경우는 그 안에 추억이 담긴 사진이나 개인 정보 그리고 지인들의 전화번호 등이 다 들어가 있기 때문에 어지간하면 그냥 고쳐서 쓰려고 하지요."

"음……."

핸드폰이라는 말에 유민택도 대충 이해가 가는 모양이었다.

다른 거야 그냥 바꿔서 써 버리지만, 핸드폰 내부에 있는 개인적 추억과 수많은 전화번호는 유민택에게도 무척이나 중요한 정보이기 때문이다.

"그런데 그 수리가 제대로 진행이 안 된다면 어떻게 생각하시겠습니까?"

"불만을 많이 가지고 대하겠군."

"네, 안 그래도 그래서 인터넷에서 대룡 관련 A/S에 대한 자료들을 찾아봤습니다."

말과 동시에 건네 오는 자료를 훑던 유민택은 얼굴을 찌푸렸다.

그저 슬쩍 봤을 뿐인데도 좋은 말은 없었기 때문이다.

"대부분 시간 지연 및 접수 불가로 인한 불만을 토로합니다. 그중 다수가 차라리 성화로 넘어가겠다는 소리까지 할 정도구요."

"하지만 우리는 이미지가 상당히 좋은 편 아닌가?"

"이미지는 이미지일 뿐입니다. 이미지는 기본적으로 첫

손님으로 고객을 끌어올 때 중요합니다. 그리고 그 후에 그 손님을 고정적인 고객으로 만들기 위해서는 A/S와 같은 사후 서비스가 중요하지요.”

세상에 어떤 사람도 이미지만 좋은 기업 물건을 쓰지는 않는다.

처음 한 번은 이미지만 믿고 써 볼 수도 있겠지만 사후 서비스가 제대로 지원이 되지 않는다면 가차 없이 다른 기업으로 갈아타고, 심하면 주변에 여기저기 안 좋은 소리를 해서 이미지를 망가뜨리는 일이 벌어진다.

“성화가 그걸 노렸다는 건가?”

“네, 성화는 전부터 이런 수에 능하니까요.”

치졸하고 오래 걸리는 수이지만 성화는 확실히 이런 행동에 능하다.

당장 대룡을 집어삼키기 위해 그 오랜 시간에 걸쳐 공을 들인 것을 보면 말이다.

“대충 기록을 봤습니다. 그런데 대룡과 성화가 전쟁에 들어가고 나서부터 통화량이 급상승했습니다.”

“그렇다는 건?”

“전쟁 초기부터 시작된 일이었다는 거죠.”

콜 센터에서는 그냥 대룡이 커지니까 통화량이 많아진 거라 생각했지만 전혀 아니었다.

물론 그것도 일부 원인이 되기는 했지만, 정작 가장 큰 이유는 어디선가 동원되어 들어온 엄청난 양의 진상들 때문이었다.

"미친놈들."

유민택은 이를 빠드득 갈았다.

아무리 생각해도 설마 이런 치졸한 수를 쓸 거라고는 누구도 예상하지 못했기 때문이다.

"전쟁이니까요."

노형진도 그렇게 말하면서 고개를 흔들었다.

물론 싸우다 보면 치졸한 수를 쓰는 사람들이 적지는 않다.

하지만 상대방은 대기업이다. 그것도 한국에서 알아주는 대기업.

그런데 이런 치졸한 방법을 쓸 줄이야.

"대충 분석을 해 본 결과 그들의 행동으로 인해 대룡이 입은 피해는 한 해 500억 이상이라고 생각됩니다."

"500억? 아니, 그렇게나 많이?"

"네."

일단 대룡의 물건을 사용하던 고객들이 수리가 제대로 되지 않자 다른 기업으로 넘어간 까닭도 있고, 그러한 소문이 돌면서 자연스럽게 브랜드 가치가 하락한 영향도 있다.

"일반적으로 가전제품을 산다고 하면 냉장고 하나만 사도 500만 원은 넘습니다. 그런데 그게 수리가 제대로 안 된다면 가정주부가 어떻게 생각하겠습니까?"

"아!"

그나마 텔레비전이나 세탁기 같은 경우 수리가 시급하지는 않은 물건이다. 필요하긴 하지만 대체할 수 있는 물건이니까.

텔레비전이야 안 봐도 되고, 정 보고 싶으면 컴퓨터로 볼 수 있다. 그리고 세탁기는 세탁소가 있다.

"하지만 냉장고 같은 경우는 만일 멈추면 그 안에 있는 내용물이 모조리 변질됩니다. 당연히 그 수리가 시급하지요."

그러나 콜 센터가 원활하게 굴러가지 않아 접수가 늦어지고 그 결과 음식물이 다 썩게 되면, 가정주부의 입장에서는 속 터질 일이다.

"만일 그러면 그 주부는 두 번 다시 대룡의 냉장고를 사지 않겠지요."

핸드폰, 냉장고만 해도 심각하게 타격을 입을 수준의 물건들이다. 그런데 다른 물건들까지 생각한다면, 인터넷이 아닌 입에서 입으로 퍼지는 소문은 대룡에 절대 우호적으로 날 수가 없다.

"이런 개새끼들."

유민택은 그 말을 듣고는 이를 빠드득 갈았다.

설마 이런 치졸한 방법으로 공격할 줄이야.

"그럼 이걸 신고해야 하나?"

"업무방해로 신고한다고 해도 잡힐까요?"

"응?"

"주소지에 이미 가 봤습니다. 하지만 아무것도 없었지요."

진상에 대한 고발장을 접수한 경찰이 이미 그들의 주소지로 가 보았다. 하지만 배후에 성화가 있을 것으로 추정되는 진상들의 주소지에는 아무것도 없었다.

"주소지도 가짜인데 핸드폰이 진짜이리라는 법은 없지요."

"설마 대대적으로 대포폰을 썼단 말인가?"

"그럴 가능성이 높습니다. 이미 해당 전화번호로 발신을 해 봤습니다."

성화로 추정되는 전화기들에 전화를 걸어 봤지만 통화가 되는 것은 단 하나도 없었다. 즉, 전화기가 사라진 것이다.

이 많은 전화기가 갑자기 사라질 이유는 하나뿐이다.

"성화 입장에서는 이런 이야기가 흘러 나가면 좋을 게 없으니까요."

"그러니까 그동안 쓰던 대포폰을 모조리 없앴다?"

"네."

일반 폰으로 했다면 발신자라도 추적해 보겠지만 이미 경찰은 해당 폰들이 대포폰이라는 사실을 충분히 확인한 후였다.

"이렇게 대대적인 규모라면, 일반적인 사람이 할 수 있는 짓은 결코 아니지요."

"끄응."

"대룡에서 대대적으로 진상들에 대한 고소 고발을 진행하자 발 빠르게 움직인 겁니다."

실제로 현재 대룡 콜 센터의 대기 시간은 10분 내외로 줄었다. 그것도 아주 바쁜 때만.

일반적인 경우는 바로 연결된다.

과거 한 시간이 넘게 대기하던 것에 비하면 터무니없이 대기 시간이 짧아진 것이다.

"성화 놈들."

유민택은 애써 속으로 분노를 삼켰다.

성화가 망해 간다고 생각하고 살짝 방심하고 있었더니 자신도 모르는 사이에 이렇게 피해를 주고 있었을 줄이야.

"가랑비에 옷 젖는 줄 모른다고 했습니다. 만일 이 작전이 더 오래 계속되었다면 대룡의 이미지가 어떻게 되었을지는 뻔하지요."

"그렇겠지."

홍보는 잘하는데 사후 서비스는 개판인 기업. 그게 대룡의 이미지가 되었을 것이다.

그리고 그런 기업의 물건을 사 줄 만큼 대한민국 국민들의 수준은 낮은 게 아니다.

"이건 장기적인 작전이었습니다."

"그러면 어떻게 해야 하나? 이건 고소나 고발을 할 수 있는 것도 아닌데."

"이미 대포폰인 게 확실하게 드러난 상황이고, 신고해 봐야 제대로 수사는 이루어질 수 있을 리 없지요."

"음……."

성화가 아무리 몰락해 가고 있다고 하지만 여전히 대한민국의 대기업이다.

더군다나 그들의 내부 사정은 국민들이 알 수 있는 게 아니니, 국민들의 입장에서는 성화가 망해 간다고 생각하지 못할 가능성이 높다.

"그렇다면 경찰의 입장에서도 제대로 수사하기 쉽지 않고요."

"이런 개 같은……."

그리고 성화의 로비력이야 전부터 유명했다.

일단 이 정도 일을 저지를 계획을 짰다면, 무작정 덤벼든 것일 리 없다.

"해당 경찰서와 일종의 교감이 있을 겁니다. 당연히 경찰에 수사를 의뢰해 봐야 그다지 나올 것도 없을 테고요."

주소지도 가짜이고 핸드폰도 가짜인데 뭐가 나올 리 없다.

물론 경찰도 바보는 아니다. 일반인들이 모르는, 그런 자들을 추적하는 스킬이 있다.

그러나 그런 수단까지 동원해서 대기업인 성화의 죄를 캐낼 거라 보기는 힘들다.

'그리고 요즘은 공무원들 상태가 그다지 좋지 않아.'

전에는 공무원들에게 발로 뛰라고, 현장에서 현실을 보고 판단하라고 시켰다. 그러나 지금 공무원들은 현장에 나가는 걸

귀찮아하며 그냥 모니터 안에서 모든 것을 해결하려고 한다.

그러니 이런 수사를 제대로 하기는 쉽지 않을 것이다.

"하지만 우리도 성화 못지않은 대기업일세."

외부적으로 보면 성화보다 살짝 더 위쪽 라인의 대기업이다.

"그렇지요. 하지만 그게 문제입니다."

"그게 문제라고?"

"네."

대룡은 고발한 기업이다.

따라서 수사가 종결되었을 때 그 결과가 마음에 들지 않는다고 압력을 넣거나 재수사를 요구할 처지가 아니다.

왜냐하면 외부적으로 자신들이 피해자라 주장하면서 고발한 상황에서 그런 식으로 행동하면 도리어 가해자가 되기 때문이다.

"하지만 성화의 입장에서는 대룡이 허위 사실을 유포한다고 하면서 적절하게 로비만 잘해도 자신들은 피해자 프레임안에 있게 됩니다. 그리고 동시에 수사가 진행되면, 우리나라의 특성상 사람들은 우리를 더 의심하겠지요."

대한민국의 인권은 철저하게 가해자 편이다.

그렇다 보니 고발을 했는데 역고발을 당하면, 재수 없으면 자신들이 도리어 사건을 조작했다는 의심을 받기 십상이다.

"큭."

유민택은 이를 빠드득 갈았다.

"그러면 우리더러 이대로 당하란 말인가? 아니면 우리도 진상들을 고용해서 그들의 업체에 전화라도 해야 하는 건가?"

"무리입니다. 우리가 나서서 진상을 고발했으니, 대룡도 우리가 진상을 고용해서 콜 테러를 하면 바로 고발할 겁니다."

대룡이 보복 삼아 콜 테러를 할 수도 있을 것이다.

하지만 문제는 저들의 콜 테러가 끝났다는 것.

따라서 대룡이 똑같이 되돌려 줄 경우 대룡만 콜 테러를 하는 게 된다.

"그 상황에서 콜 테러가 드러난다면 피해를 입는 것은 도리어 우리 대룡이겠지요."

대룡이 콜 테러를 한다면서 성화는 바로 눈치채고 언론에 성토할 테고, 그러면 그동안 애써 만들어 둔 대룡의 좋은 이미지는 바로 시궁창에 처박힐 게 뻔하다.

"그러면 어쩌면 좋겠는가? 우리가 할 수 있는 게 뭐라도 있어야지!"

"가장 좋은 방법은 경찰에 신고하고 로비를 적절하게 하는 겁니다."

수사와 관련해서 경찰에 로비를 하는 것은 불법이다.

하지만 어차피 합법만으로는 세상을 살지 못한다. 저쪽이 불법을 저지르는데 이쪽이 합법만 지키면 지는 것은 이쪽이다.

"그렇지만 그렇게 한다고 해서 일이 편해지는 것은 아니지요."

문제는 그렇게 했을 때 일단 조사 결과가 어떻게 나올지 확실치 않다는 것과, 성화의 뒤통수를 까려면 확실하게 그들보다 더 많은 로비를 해야 하는데 그러면 소요되는 돈이 적지는 않을 거라는 것이다.

"한편으로는 수사 결과를 이리저리 조절해 가면서 양쪽에서 더 돈을 뜯어내려고 할 수도 있지요."

"설마?"

"설마가 사람 잡는 법입니다."

양쪽에서 슬쩍 줄타기를 하면서 뇌물을 요구하면, 어느 정도 급수가 되는 경찰이라면 못해도 억 단위로 챙길 수 있다.

그러니 그들에게 그런 잘못된 믿음을 줄 수는 없는 노릇.

"그러니 경찰에 고발하는 것과는 별도로 우리가 나서서 수사해야 한다고 생각합니다."

"하지만 경찰도 하지 못하는 걸 어떻게?"

"그들의 행동 패턴을 분석하는 겁니다."

"행동 패턴을?"

"네, 이미 해 왔지요."

"음?"

유민택은 노형진의 말에 살짝 놀랐다. 설마 이미 모든 준비를 다 해 놨으리라고는 생각을 못 한 것이다.

이래서는 자신이 화를 낸 것이 머쓱해질 지경이었다.

"그래서 자네 생각은 어떤가?"

"일단은 그들의 업무 시간을 보면 됩니다."

"업무 시간?"

"네."

그들이 전화한 시간은 보통 콜 센터가 한창 바쁜 오전 11시부터 오후 4시까지, 그리고 두 시간 이상 통화를 유지했다.

즉, 아무리 통화가 길어져도 일반적인 사람들이 퇴근하는 6시쯤에는 다들 전화를 끊었고, 그때쯤 전화를 걸어오는 사람도 없었다.

"당연하겠지. 그 녀석들도 바보는 아닐 테니까."

어차피 6시가 넘으면 더 이상 접수도 안 되는데 전화할 이유가 없다.

"즉, 녀석들도 우리와 같은 사이클을 가지고 있다는 뜻입니다."

"그거야 추측하기 어려운 일은 아닌 것 같은데?"

"그렇지요. 그런데 이 시간표를 보면 재미있는 게 있습니다."

"재미있는 거?"

"네. 보시다시피⋯⋯."

노형진은 분석을 한 파일을 한 장 더 넘겼다.

"진상들의 전화 시간이 12시 이후부터 확 줄어들었다가 다시 확 늘어납니다."

"그게 왜?"

"점심시간이라는 거죠."

"점심시간?"

"네."

점심시간에는 당연히 점심을 먹어야 한다.

하지만 콜 센터의 경우 고객과의 통화를 밥 먹으러 간다는 이유로 끊어 버릴 수가 없기 때문에 일반적으로 교대 형식으로 가서 밥을 먹고 오는 경우가 많다. 그래야 접수가 정체되지 않기 때문이다.

"그런데 왜 진상들은 점심시간에 전화를 하지 않았을까요? 도리어 우리 쪽은 점심을 먹기 위해 인력을 나눴으니 접수를 받는 속도가 더 늦어졌어야 하는데요."

"응?"

"일반적인 사람들은 일단 본인이 급하니까 시도 때도 없이 전화합니다. 도리어 일을 하는 근로자들은 자신들이 여유가 되는 점심시간에 전화를 하는 경우가 많지요. 그러니 점심시간이라고 콜 센터에 전화가 오지 않는다는 것은 말도 안 되는 일이지요. 그런데 진상들은 점심시간에는 전화를 하지 않았으니 이건 즉 성화에서 전화를 거는 사람들을 한꺼번에 고용했다는 뜻입니다."

"한꺼번에 고용?"

"네."

쉽게 말해서, 한꺼번에 고용되어서 한꺼번에 전화하고 한꺼번에 대화하고 한꺼번에 전화를 끊는 것이다.

"즉, 이 진상들은 고용된 직원들이라는 거지요."

"그래서?"

"문제는 그 숫자입니다."

"숫자?"

"네."

노형진이 분석하기에는, 그렇게 상습적으로 전화하면서 업무를 방해한 사람들의 숫자는 대략 일흔 명 정도다.

너무 적으면 의미가 없고, 그렇다고 또 너무 많으면 자신들의 지출이 너무 커지니까.

"12시부터 1시까지는 철저하게 전화를 하지 않은 진상들. 이들이 바로 성화에 고용된 사람들입니다. 수많은 진상 중에서 해당 조건에 해당되는 사람의 숫자는 정확하게 일흔다섯 명입니다. 어느 정도 오류가 있다고 해도, 예순 명 이상은 되기 힘들지요."

"음?"

점심시간을 피하고, 한번 전화하면 몇 시간은 통화하며, 또 끊임없이 전화하는데 말은 안 통하는 타입이 그렇게까지 많을 수는 없다.

"그게 이번 사건에서 뭐가 중요하단 말인가? 도리어 그 정도 인간을 고용해서 우리 업무를 마비시킨 게 더 열 받는데."

노형진은 피식 웃었다.

"숫자는 중요합니다."

"중요하다고?"

"네, 먹고살아야 하거든요. 그들도 먹고살려고 하는 짓이고요."

"지금 그들 아래에서 일하던 녀석들에게 동조해 주는 건가?"

"동조가 아니라 힌트를 드리는 겁니다."

"힌트?"

"네."

"무슨 힌트?"

"예순 명에서 일흔 명. 그들이 한꺼번에 업무를 정지한다는 것은, 결국 정해진 점심시간이 있다는 뜻이지요."

"그래서?"

"그러면 그들은 그 점심을 어떻게 해결할까요?"

"응?"

"생각해 보십시오. 회사를 키워 보셨으니 충분히 아실 겁니다."

"그거야……."

점심과 관련해서 생각하기 시작하자 확실히 애매하다는 생각이 들었다.

남과는 전혀 다른 방식으로 사건을 보기 시작하자 흐름이 보이기 시작한 것이다.

"애매한 숫자로군."

"네, 참 애매한 숫자지요."

결코 많은 숫자는 아니다. 그러니 구내식당까지 만들 정도는 아니다. 그렇다고 도시락을 싸 오라고 할 수도 없는 노릇이고.

"만일 회장님이라면 어떻게 하시겠습니까?"

"그렇다면…… 배달이군."

물론 배달이라고 해서 그냥 주변에 시키는 것을 뜻하지는 않는다.

다짜고짜 배달해 달라고 전화해서 70인분을 요구하면 그걸 커버할 수 있는 음식점은 그다지 많지 않기 때문이다.

"네, 배달이죠. 정확하게는 월식이지요."

"그래. 그거 말고는 답이 안 보이는군."

월식이란 기업이 어떤 식당과 계약해서 월 단위로 음식을 배달받는 것을 뜻한다.

일반적으로 백반집이라고 하는, 정해진 메뉴 없이 밥과 여러 가지 반찬을 만드는 곳이 바로 그런 일을 전문적으로 하는 곳이다.

"그런 곳은 아무래도 인원이 자유로우니까요."

월 단위로 끊기 때문에 그들은 미리 음식을 준비할 수도 있다. 가끔 인원이 부족하면 그냥 일당직을 쓰면 그만이다.

일반 식당보다 훨씬 안정적으로 식사를 제공할 수 있는 것이다.

"이미 주변을 탐문하고 있습니다."

"허!"

유민택은 자신도 모르게 탄성을 내질렀다.

설마 그들이 먹는 점심을 계산해서 그들을 추적할 거라고는 생각도 못 했다. 보통은 부동산이나 전화번호를 생각하지, 음식을 추적할 줄이야.

'하지만 생각해 보면……'

부동산이나 전화번호는 누구나 생각할 수 있는 기본적인 추적 대상이기 때문에 가짜로 하는 경우가 많다.

더군다나 성화는 이 일을 위해 고의적으로 대포폰까지 대량으로 구입한 정황이 드러나 있다. 당연히 땅이나 건물 같은 건 자신들과의 선을 끊어 놨을 것이다.

'그렇지만 먹는 건 아니지.'

먹기 위해서는, 자신들이 할 것이 아니라면 누군가가 가져다줘야 하고, 그러기 위해서는 자신들이 드러날 수밖에 없다.

그러나 문제가 없는 것은 아니다.

"그렇지만 그들이 누군지 알고? 보통 그런 백반집은 공장이 있는 곳에 생기지 않나?"

소위 공장 밀집 지역이라고 하는 곳에 생기는 것이 백반집이고, 그런 중소기업들은 구내식당을 둘 여건이 안 되니 당연히 백반집에 매달 계약한다.

"그렇지요. 하지만 비율을 보면 됩니다."

"비율?"

"네."

"무슨 비율?"

"진상의 비율요."

성화로 추정되는 진상의 숫자는 대략 예순 명에서 일흔 명. 그중에서 마흔 명 이상이 여성이다.

"그런데?"

"그런 공장 지역에서 일하는 사람들은 대부분 남성입니다. 일부 여성이 있기는 하겠지만, 대부분은 남성이겠지요."

"아!"

업무의 특성상 한국에서는 공장 근무자가 남성인 경우가 더 많다.

하지만 그냥 전화만 해서 성질을 부리는 거라면 여성이 더 많아도 상관없다.

"배달하는 사람들은 음식을 두기 위해 안에까지 들어갑니다. 그러니 근무자들을 볼 수 있지요."

"그렇군."

"여자가 남자보다 더 많다는 것도 흔한 경우는 아닌데, 공장 내부에 흔한 기계 하나 없다면 배달원도 이상하게 생각하지 않겠습니까?"

"하긴…… 전화만 하기 위한 공간이니 기계가 필요 없지."

그런 공장이 외곽으로 밀려나는 것은 다 이유가 있다. 여러 가지 기계들이 시끄러워서 민원이 들어오는 것도 그 이유 중 하나다.

"뭐, 전화 발진 지역을 추적해서 대략적인 위치만 안다고 하지만, 그 지역에 백반집이 백 개가 넘지는 않겠지요."

백반집은 적게는 세 곳. 많게는 다섯 곳까지 거래한다.

그리고 그런 계약을 하는 공장이 그렇게 많지는 않다. 어느 정도 인원이 되는 회사는 차라리 구내식당을 운영하는 것이 훨씬 더 유리하기 때문이다.

"우리는 그곳만 찾아내면 됩니다, 후후후."

노형진은 씩 미소를 지었다.

그 시각, 현장에서 일하는 사람들은 부르르 떨면서 찬 바람을 피하고 있었다.

"으으, 춥다."

손채림은 옷깃을 여미면서 자신의 차량으로 향했고, 기다리고 있던 무태식 변호사가 잽싸게 잠긴 문을 열어 줬다.

"뭐 좀 나왔습니까?"

"꽝이네요."

벌써 열두 곳째 식당을 뒤지고 있지만 관련된 정보가 나오는 곳은 없었다.

"없어요?"

"네, 대부분 그런 곳은 모른다는 투예요."

"모른 척하는 걸까요?"

"그건 아닌 것 같은데요."

공짜로 알려 달라고 한 것도 아니고, 자신들이 찾는 곳이 맞는다면 적절한 사례를 하겠다고 약속까지 했다. 그러니 그들이 마다할 이유는 없다.

물론 계속 거래를 하는 상황이라면야 미래의 수익이 더 중요하니 모르는 척할 수도 있겠지만, 대룡이 진상에 대한 고발을 묵인하는 정책을 쓰면서 그들의 고발 역시 정지된 상태.

사실상 거래는 멈췄다고 봐야 한다.

그렇다면 굳이 숨길 이유는 없다.

"그렇다면 다음 곳으로 가야겠군요."

무태식은 종이에서 한 줄에 선을 스윽 그었다.

"무 변호사님도 꽝이었나 봐요?"

"네, 이 주변에 있는 식당들은 다 모른다고 하더군요."

"이상하네요."

핸드폰들은 기지국을 기준으로 통화가 된다. 그리고 진상들의 전화가 온 기지국 내의 공장 지역은 이곳이 유일하다.

"이 지역에 남아 있는 백반집이 있나요?"

"아니요. 지금 채림 씨가 갔다 온 곳이 마지막입니다."

"흠."

손채림은 노형진의 가설이 틀렸나 하는 생각을 했다.

하지만 그럴 것 같지는 않았다.

'이곳에는 식당으로 쓸 만한 공간이 없어.'

스스로 밥을 해 먹기 위해서는 필수적으로 식당 공간이 있어야 한다.

하지만 그녀가 본 바에 따르면 이 지역 내에 식당을 운영할 수 있는 공간을 가진 공장은 없었다. 즉, 배달밖에 답이 없는 것이다.

'다른 곳인가? 하지만 여기 어디에도 고층 건물은 없는데.'

완전 시골의 전형적인 공장 지대다. 고층 건물이 있다면 그 안에서 일흔 명 정도 할 수 있겠지만 고층 건물이 없는 관계로 그것은 불가능한 일.

"기지국이 틀렸나?"

"그럴 리가요. 한 통화도 아니고 그렇게 많은 통화가 이루어졌는데 기지국이 틀렸다고 보는 건 무리죠."

무태식도 약간은 어리둥절한 얼굴이었다.

"일단은 돌아다니면서 우리가 찾지 못한 식당이 있는지 확인해 봐야겠어요. 인터넷에 모든 식당이 다 나오는 건 아니니까."

그들은 차량의 시동을 걸고 주변을 돌기 시작했다.

하지만 자신들이 갔던 식당만 보일 뿐 다른 식당은 전혀 없었다.

'도대체 어디지?'

그렇게 한참을 돌고 있을 때 문득 손채림의 눈에 들어온 것은 다름 아닌 편의점이었다.

순간 손채림은 무태식을 다급하게 불렀다.

"저 편의점! 편의점!"

"왜 그러십니까?"

"이 근처에 저 가게 말고는 없었잖아요?"

"그랬나요?"

남자들은 하나만 추적하는 버릇이 있기 때문에 가게에 대해서는 그다지 관심을 가지지 않아서 무태식은 고개를 갸웃했다.

하지만 손채림은 확실하게 기억하고 있었다.

"네, 저곳 하나뿐이에요."

"그런데요?"

"생각해 봐요. 여기에 사는데 근처에 가게가 저곳 하나뿐이면, 누군가는 가지 않았겠어요? 이 근처에 가게라고는 저거 하나뿐이니까 여자라면 생리대를 사기 위해서라도 한 번은 갈 수밖에 없을 것 같은데요? 그럼 사람을 봤을 수도 있죠."

"아!"

만일 누군가 갔다면 그 일에 대해 직원이 기억할 수도 있다는 소리다. 남자는 모르겠지만 여자인 손채림은 가끔 급하게 뭐가 필요한지 알고 있었다.

그런 여자들에게 편의점은 말 그대로 구원의 손길.

"가 보죠. 기억할지도 모르겠습니다."

무태식은 유턴해서 다시 그 편의점 앞으로 갔고, 손채림은 그곳에 들어가서 직원에게 이곳에 있던 의심스러운 공장이나 가게에 대해 질문을 했다.

직원은 약간 미심쩍은 눈빛이었지만 눈앞에 보이는 30만 원이라는 보상금에 결국 사실을 말했다.

"워낙 많이 망하고 들어오고 해서 공장은 잘 모르겠네요."

"그런가요?"

"네, 거기에다 전 여기서 일하지, 공장까지 배달 가고 그러는 게 아니라서 공장이 어떤 건지 알지도 못하고……."

직원은 어깨를 으쓱했다.

물론 사람들이 와서 물건을 사 가기는 하지만 그들이 어느 공장에서 일하는지 알 수는 없다. 유니폼이라도 있으면 모를까, 그런 것도 아니라면 말이다.

"하지만 식당이라면 한 군데 알아요."

돈을 보고 침을 꿀꺽 삼키면서 말하는 직원.

"안다고요?"

"네. 백반집 하다가 얼마 전에 그만둔 분이 있거든요."

"그만둬요?"

"네."

원래 백반집을 하던 아주머니가 한 명 있었다고 한다.

하지만 나이 먹고 힘든 데다가 경쟁이 치열해져서 수입도 안 나오고, 더군다나 자녀까지 장성해서 생활비를 줄 테니 쉬라고 해서 고민하다가 얼마 전 그만뒀다고 한다.

"주요 거래처 한 군데에서 거래를 끊었다고, 이참에 쉰다고 하더라고요."

"거래를 끊어요?"

"네."

거래가 끊어지면 당연히 새로운 거래처를 뚫어야 한다.

하지만 이 지역에는 그 당시 백반집이 열세 곳이나 있었기에 새로 거래를 뚫는 것은 쉬운 일이 아니었다.

새로운 기업이 들어올 수도 있지만 그게 언제일지도 알 수없고, 그렇게 들어온 기업이 자신과 거래해 줄 거라는 보장도 없다.

다른 백반집 역시 그 기업과 거래를 트기 위해 노력할 테니까.

"그래서 자기는 이만 쉰다고, 거래 중이던 기업을 다른 곳에 넘기고 그만두셨어요."

"아!"

그렇다면 상황이 맞아떨어진다.

거래가 끊어진 기업. 그리고 같이 그만둔 백반집.

"가끔 물건이 부족하면 와서 사 가셨죠."

"혹시 그분 연락처 알아요?"

"연락처는 몰라요."

어깨를 으쓱하는 직원.

"아……."

손채림은 안타깝다는 듯 신음을 냈다.

그 연락처를 알았다면 바로 정보를 알아낼 수 있었는데 말이다.

"하지만 거래하던 업체는 알지 않을까요?"

"거래하던 업체?"

"네, 아주머니가 재료를 시장에서 사 오는 건 아니었으니까요. 연세가 있어서 그럴 힘이 없으셨거든요. 그래서 납품받는 걸로 알고 있어요. 아침이면 배달 차가 매일 돌아다녀요. 그리고 여기에 재료 납품하는 곳은 한 곳뿐이거든요."

"아!"

공장 지대이다 보니 시장과는 거리가 멀다. 그러니 당연히 재료를 공급하는 업체에서 받아서 썼을 것이다.

재료 공급하는 곳이 한 곳이라면 당연히 그들은 연락처를 알고 지냈을 것이다.

직원은 슬쩍 계산대 위에 놓인 돈을 바라보았다. 이 정도면 받아도 되는 거 아니냐는 눈빛.

"그러면 한 가지만 더 물어볼게요."

손채림은 씨익 웃으면서 돈을 그쪽으로 밀었다.

"그래서 그 가게 이름이 뭔데요?"

"내가 거래하던 곳?"

"네."

다행히 그 가게 이름을 찾는 데에는 성공했고, 그 후에 백반집을 하던 사람을 찾는 것은 어려운 일이 아니었다.

백반집의 전 주인은 약간의 보상을 약속하자 애써 자신의 기억을 더듬었다.

이제 노는 처지이니 소소한 용돈 벌이쯤이라고 생각한 모양이었다.

"음, 그곳이…… 확실히…… 그래, 맞아."

"기억나세요?"

"이제 기억이 나네. 공장 자체는 크지 않았는데 이상하게 배달을 많이 시킨다 했지."

"그럴 가능성이 높습니다."

무태식은 다급하게 말했다.

공장에 기계는 하나도 없고 전화만 있으면 되니 일반적인 다른 공장에 비해 훨씬 더 많은 사람들이 들어갈 수 있었으리라.

"그리고…… 여직원들이 참 많았어."

"여직원들이요?"

"그래. 남자들도 없는 건 아닌데, 여직원이 이상하게 많더라고. 그게 참 이상했어."

"뭐 하던 곳인가요?"

"나야 모르지. 그런데 거기서 나오는 사람들 대부분은 그다지 표정이 안 좋았지."

"그래요?"

"그래."

퇴근하면 사람들은 다들 피곤해서 지친 모습을 보이거나 퇴근 후 한잔을 기대하기 마련이다. 그런데 그곳에서 나오는 사람들은 대부분 체념한, 그리고 후회스러운 모습이었다고 한다.

"대부분 나이도 많았고."

"나이도 많았다?"

"그래."

"혹시 그 회사 이름 아십니까?"

대충 상황은 맞는 듯했다. 이제 중요한 것은 그 회사의 이름이다.

"유상 리서치인가? 그랬어."

드디어 이름이 나왔고, 무태식은 다급하게 전화를 하기 시작했다.

⚖

"유상 리서치. 기록에 따르면 자본금 3천만 원도 안 되는 리서치 회사입니다."

리서치 회사란 말 그대로 여론조사를 목적으로 하는 곳이다.

"그런데 이상한 점이 있더군요."

"이상한 점?"

"네."

"일단 아무리 리서치 회사가 규모가 작다고 하지만 자본금이 너무 작다는 것. 그리고 전화 요금이 얼마 안 나온다는 것."

"그건 말이 안 되는데?"

송정한은 고개를 갸웃했다.

리서치의 가장 흔한 방법은 다름 아닌 전화다.

어떤 리서치 회사도, 전화를 할 때 절대로 수신자 부담으로 하지 않는다. 제대로 대답해 주는 사람도 드문 게 리서치인데, 그걸 수신자 부담으로 하면 누가 해 주겠나?

그런데 전화 요금이 얼마 안 나온다?

"그리고 직원 수는 총 일흔 명입니다."

"음, 숫자도 우리 예상 내군요."

물론 오차가 약간 있기는 하지만 관리직이나 다른 직급도 있을 가능성을 생각하면 그다지 큰 오차는 아니다.

"핸드폰으로 통화하는 게 목적이었다면 전화 요금이 나올 리 없지요."

노형진은 전화 요금이 나올 리 없다는 점에서 확신을 가졌다.

유선전화는 대포폰이 불가능하다. 일단 그걸 신청받는 곳이 일선 대리점이 아닌 데다가, 고정되어 있는 전화기 특성상 자기 명의 계좌에서만 나갈 수 있기 때문이다.

"그곳이 아마 모여서 진상 전화를 하는 곳이었을 겁니다."

체계적으로 관리까지 해 가면서 진상 전화를 하면 대룡에 큰 타격을 입힐 수 있다.

기본적으로 성화에 수익이 나는 것은 아니지만, 전쟁이라는 것은 자신의 이득보다는 남의 피해를 위해서 하는 경우가 대부분이다.

"그런데 의외군."

"뭐가 말입니까?"

"대부분 나이가 많다는 게."

전화상의 목소리만으로는 아무래도 나이를 확인하는 게 힘들다. 그래서 송정한은 아무래도 젊은 사람을 고용했을 거라 생각했다. 그런데 나이가 많다는 것은 정말 의외였다.

"전 알 것 같은데요."

"응? 알 것 같다니?"

"나이가 어리면 손해 볼 게 없으니까요."

"그게 무슨 말인가?"

"생각해 보세요. 나이가 어린 여자라면 그런 더러운 짓을 안 해도 먹고살 길을 찾을 수 있을 겁니다. 더군다나 나이가 어릴수록 의협심을 품고 행동에 나설 확률도 더 높지요. 누군가 그걸 신고하면 성화 입장에서도 곤란할 테니까요."

"그런가?"

"네."

만일 이런 짓을 하는 상황에서 누군가 내부 고발이라도 해버리면 여러모로 곤란해지는 것은 대룡이 아니라 성화다.

"그에 반해 나이 먹은 여성분들은 아무래도 의협심을 발휘하는 데 한계가 있지요."

나이 먹고 대기업과 싸우기도 힘들거니와, 당장 자녀의 학원비라든가 그런 현실적인 압박이 그녀들을 짓눌렀을 것이다.

그런 상황에서 그녀들이 선택할 수 있는 것은 그다지 많지 않다.

"그들에게 일을 시킨 건 성화입니다. 만일 그녀들이 일을 거부한다면 배우자에게까지 불이익을 줄 수 있는 능력을 가진 집단이지요."

"음......"

"그러니 오히려 나이 많은 여성이 이러한 일을 하는 데에는 적당하지요."

남자들이라면 도리어 눈치 빠르게 이게 불법인 걸 알고 증거를 모아서 돈을 뜯어낼 수도 있다.

하지만 여성들은 마음이 약해서 그런 극단적인 방식을 선호하지 않는다.

"하지만 그런 여성들을 어디서 구한단 말인가?"

"적당한 곳이 있습니다."

"적당한 곳?"

"네."

"어떤 곳?"

"콜 센터요."

그 말에 모두의 얼굴에 똥 씹은 듯한 표정이 떠오르기 시작했다.

대룡이 콜 센터를 운영하듯이 성화도 콜 센터를 운영한다.

하지만 대룡과 성화는 비슷하면서도 전혀 다르다.

대룡은 외주를 주지만 일단 그곳에서 일하는 여성들은 전부 그곳의 정직원이다.

그러나 성화는 직접 운영하기는 하지만 모조리 계약직이다. 언제 잘려도 이상할 게 없는 상황인 것이다.

"요 근래 들어서 대대적으로 물갈이가 되었다네."

손채림은 자신이 알아 온 정보를 주면서 말했다.

"기존에 있던 여성들 중에서 40대에서 50대 정도 되는 여성들은 모조리 다른 쪽으로 발령했대. 그 후에 신입을 뽑았다고 하더라고."

"그렇겠지."

한국은 유독 젊은 직원을 선호하는 경향이 강하다. 특히 여성에 대해서는 그런 면이 강한데, 40대에서 50대 정도면 진짜로 어디로 가기가 애매한 나이다.

물론 콜 센터라는 특성상 나이는 그다지 의미가 없다. 도리어 익숙해진다는 면에서 어느 정도 나이가 있는 사람들이 더 유리할 수도 있는 것이 콜 센터.

정규직이면 연봉이 올라가는 거라도 감안하겠지만 계약직은 그것도 아니다. 오로지 단 하나, 관리자들이 보기 좋으라고 그러는 것이다.

"40대에서 50대면 자녀들에게 본격적으로 돈이 들어갈 나이니까."

결혼의 시기는 세대마다 다르지만 일반적으로 40대에서 50대면 자녀가 고등학생, 아니면 대학생이 되는 나이이다.

"인생이 가장 팍팍할 나이지."

자녀들에게 들어가는 돈은 기하급수적으로 늘어나고, 만일 집을 샀다면 그 집에 대한 대출을 갚아야 한다.

설령 집을 사지 못했다 해도 매년 오르는 전세나 월세 자금을 벌기 위해서는 한시도 쉴 수 있는 상황이 아니다.

"그런 여성들은 콜 센터를 나가면 어디 재취업하기도 힘드니까."

당장 비정규직이니 파리 목숨이다.

그렇다 보니 그녀들은 위에서 잘못된 요구를 해도 거부하지 못한다.

"결과적으로 콜 센터에 대해 아주 잘 아는 병사인 셈이지."

그녀들 스스로 콜 센터에서 일했으니 시간을 끄는 법이나 상대방을 괴롭히는 법을 아주 잘 알고 있을 것이다.

"개새끼들이네, 진짜."

손채림은 말을 하면서도 흥분을 감추지 못했다.

곱게 자란 그녀는 어지간하면 욕을 하지 않는 타입이지만 대상이 여성이다 보니 더욱 화가 나는 모양이었다.

"기업이란 그런 거지."

노형진은 왠지 씁쓸한 기분이 들었다.

기업의 이런 행동은 하루 이틀이 아니다.

실제로도 한국 전화국은 콜 센터 직원이 정규직이라 자르는 것이 쉽지 않자 편법을 써서 그녀들을 난데없는 외근 업무, 그것도 한 번도 해 본 적 없는 전신주 타는 업무에 배정시켜 버리곤 했다.

당연히 해 본 적이 없으니 할 줄도 모르고 실적이 나빠질 수밖에 없다.

그러면 그걸 핑계로 잘라 버리는 것이다.

이런 식의 편법은 대기업 내부에서 흔하게 벌어진다. 그저 국민들이 모를 뿐.

"실험에 따르면 위에서 내려오는 잘못된 명령을 거부하는 인간은 채 30%가 안 돼."

대부분은 위에서 명령하면 따른다.

그런데 그 실험의 무서운 점은, 그 명령자가 고압적인 자세만 취했을 뿐 피실험자에게 영향을 줄 수 있는 권력자가 아니라는 것이다.

피실험자는 실험에 참가하고 있다는 것을 알고 마음대로 그만두고 나갈 수 있다는 것을 알고 있음에도 불구하고 그런 명령권자들에게 거부하지 못했다.

그런 상황에서도 사람은 억압을 두려워해서 대부분이 잘못된 명령을 따랐는데, 성화는 그들의 생명 줄까지 쥐고 있는 상황.

"하지만 그들이 실수한 게 있지."

"뭔데?"

"생명 줄을 쥐고 있는 건 그들이지만 그 생명 줄을 갈아탈 권리가 그 여자들에게도 있다는 사실을 간과했다는 것 말이야."

노형진은 씩 웃으면서 기록을 꺼내 들었다.

부서가 옮겨진 직원을 찾는 것은 어려운 일이 아니었다.

계약직, 그것도 언제 잘릴지 모르는 파리 목숨이다 보니 대부분 회사에 대한 애정은 존재하지 않았고, 적절한 보상만으로 관련 정보를 슬쩍 넘겨줬던 것이다.

당연히 그 정보로 추정한 사람을 찾는 것은 어려운 일이 아니었다.

"황아민 씨, 새론에서 나왔습니다."

허름한 아파트.

지은 지 30년은 되어 보이는 그 아파트에 노형진이 나타나자, 집에서 쉬고 있던 황아민은 눈에 띄게 당황하기 시작했다.

"새론요? 새론에서 왜요?"

노형진은 그녀가 자신들이 찾던 사람이라는 사실을 알아차렸다.

'우리를 아는군.'

노형진은 대룡이 아니라 새론에서 왔다고 했다.

보통 일반적인 사람들은 대룡에 대해서는 알지언정 새론에 대해서는 잘 모른다. 새론이 유명한 로펌이기는 하지만 어디까지나 소송계에서 그럴 뿐, 일반인이 관심을 가지지는 않는다.

'하지만 성화의 직원이라면 이야기가 달라지지.'

대룡과 새론의 긴밀한 관계에 대해 들었을 테니 당연히 새론에 대해 안다는 뜻일 텐데, 새론에 대해 안다는 것은 켕기는 것이 있다는 뜻이다.

그렇지 않다면 법률 파트너인 새론을 경계할 이유가 없으니까.

"새론이 절 왜 찾아와요?"

황아민은 덜컥 겁이 난 모양이었다.

하긴, 전화기에 대고 욕하고 지랄하는 거야 상대방이 보이지 않으니까 걱정이 덜하지만, 당장 눈앞으로 사람이 왔는데 누가 겁을 내지 않겠는가?

더군다나 대룡이 요즘 진상들에 대한 고소를 진행하고 있다는 거야 익히 알려진 사실이니까.

'슬쩍 찔러볼까?'

노형진은 자신의 예상이 얼마나 맞는지 한번 알아볼 셈으로 슬쩍 그녀를 자극해 보았다.

"당연히 대룡을 대신해서 왔습니다. 황아민 씨를 모욕과 업무방해로 고발할 예정입니다. 그에 따른 법률적 절차를 밟기 전, 합의 의사를 여쭈어 보기 위해 온 겁니다."

"버…… 법률적 절차요?"

"네, 총 백일흔 명에 대한 모욕 및 대룡의 업무방해 고발이 예정되어 있습니다."

황아민의 얼굴이 사색이 되었다.

얼마 전 인터넷에서 모욕죄 벌금이 100만 원씩 나온 사람이 기억난 것이다.

문제는 그 사람이 모욕한 콜 센터 직원이 백스무 명이라는 것.

졸지에 1억 2천이라는 어마어마한 손해배상을 하게 생긴 것이다.

그런데 자신은 백일흔 명이라니.

"우리의 조건은 간단합니다. 기존에 있던 통화 내역을 분석한 결과 통화 내용이 극단적으로 모욕의 정도가 심하시기 때문에 못해도 1인당 100만 원은 해 주셔야 할 듯합니다."

"100만 원요?"

"네."

그럼 무려 1억 7천만 원이다.

자신이 사는 아파트의 전세를 빼도 배상할 수 없는 수준이다.

"저…… 저는 그런 적이 없어요!"

"성화에서는 그렇게 말하지 않던데요?"

"뭐라고요!"

"성화에서는 황아민 씨가 회사에 대한 과도한 충성심으로 업무 시간에 공격적인 전화를 한 것이라고, 자신들은 아무런 관련도 없다고 하던데요?"

"그게 무슨……."

"다 알고 왔습니다. 황아민 씨, 콜 센터에 근무하셨잖아요? 그런데 업무 시간에 일은 안 하고 전화해서 진상 노릇 하셨다면서요? 그래서 다른 곳에 배치했는데도 그 버릇을 못 고치셨다고 하더군요."

황아민은 숨이 턱 막혔다.

자신이 그 짓을 하고 싶어서 한 게 아니다.

자신도 콜 센터에서 일해서, 그곳에서 일하는 직원들이 얼마나 고통받는지 알고 있었다. 하지만 어쩔 수 없이, 가족들을 건사하기 위해 그 짓을 한 거다.

그런데 성화에서 그런 엉뚱한 소리를 하다니.

"아니에요!"

"아니라니요?"

"이건 다 성화가 시킨 거라고! 우리는 하고 싶지 않았어요!"

"성화는 그렇게 이야기하지 않던데요?"

노형진은 그렇게 말하면서 슬쩍 그녀의 어깨에 손을 올렸다. 그리고 빠르게 그녀의 기억을 읽기 시작했다.

물론 시간상 흘러가는 식으로 되어 있기 때문에 정확한 기억을 찾는 게 어렵기는 했지만, 그래도 최소한의 필요한 정보만 있으면 상대방의 불안한 심리를 자극하는 것은 어려운 일이 아니었다.

"그래서 서 부장님이 황아민 씨를 해직했다고 하던데요?"

"서…… 서 부장님이요?"

"네."

서 부장은 그녀가 재발령받은 리서치 기업의 부장으로, 이 일을 시킨 장본인이다.

그런데 자신을 해직했다니?

"아니에요!"

"뭐가 아닙니까. 서 부장님뿐만 아니라 곽 이사님도, 그래서 자기 회사가 망했다고 하던데요?"

숨이 턱 막히는 황아민.

누가 봐도 위에서는 자신을 버린 셈이 되어 버렸다.

물론 회사는 재빠르게 폐업 처리를 해 버렸다. 그러나 그건 망해서가 아니라, 소송을 본격적으로 진행하면 자신들이 꼬리가 밟히니까 잽싸게 폐업 처리를 하고 숨은 것이다.

그런데 자기들 때문에 망했다니?

"벌금이 문제가 아니실 거예요. 상습성이나 업무방해의

정도도 심하고…… 실형이 나올 가능성도 높으니까 각오하세요."

옆에 있던 손채림도 노형진이 뭘 하는 건지 바로 알아차리고는 슬쩍 한마디 더 얹었다.

그러자 황아민은 다리의 힘이 풀려 털썩 주저앉았다.

"시…… 실형요?"

"네, 계획적으로 전화해서 모욕하고 괴롭히는 걸 벌써 몇 년 동안이나 하셨잖아요. 거기에다가 업무 시간에 업무까지 미루어 가며 하실 만큼 악질적이었고……."

"확실히…… 그 정도면 실형이 나올 가능성이 높군요. 모욕죄의 최고형이 1년 이하 징역이기는 한데, 상황을 봐서는 아마 최고 형량을 피하지 못할 것 같군요. 기간도 그렇고, 강도도 그렇고."

"업무방해도 합쳐야지."

"아, 그러면 그건 최고 5년입니다. 뭐, 합하면 3년에서 4년 정도 나오겠네요. 그리고 손해배상은 따로인 거 아시죠?"

노형진은 적용되는 법조를 점점 추가하면서 압박을 가했다.

그런데 문제는 실제로 고발하게 되면 정말로 이렇게 될 가능성도 높다는 것이다.

장시간에 걸쳐서 집요하게 업무를 방해하고 모욕을 행했기 때문이다.

물론 여러 가지 이유로 선처될 수도 있지만 워낙 기간이

길어서 그다지 가능성이 없는 일이다.

더군다나 피해자가 한두 명이 아니니까.

"아니에요. 우리는 하고 싶어서 한 게 아니에요. 우리는 시키는 대로 했을 뿐이에요."

"무슨 말씀이시죠?"

"우리는⋯⋯."

결국 사실을 술술 말하는 황아민.

그 말을 들으면서 노형진은 속으로 승리의 환호를 질렀다.

꼼수의 결말

"이런 개 같은⋯⋯."

유민택은 증언을 들으면서 이를 빠드득 갈았다.

추정만 하는 것과 증거를 보는 것은 느낌이 전혀 다르다.

노형진은 황아민을 기준으로 해서 한 명씩 주변에 같이 일했던 사람들을 만나 동일하게 압박을 가해, 그들의 자백 아닌 자백을 모조리 녹음해 왔다.

한두 명도 아니고 무려 예순 명이 넘는 사람들이 동일한 말을 한다는 것은, 결국 성화에서 대룡의 A/S 업무를 방해할 목적을 가지고 집요하게 괴롭혔다는 뜻이다.

"이놈들을 그냥!"

"워워, 진정하세요. 왜 그렇게 흥분하십니까?"

"지금 흥분 안 하게 생겼나?"

지금까지 대룡과 성화가 수많은 방법으로 싸워 왔지만 이렇게 치졸한 방법은 처음이었다.

이건 양심이라고는 전혀 없는 진짜 치졸한 방식이다.

기존의 방식은 최소한 하나의 시장을 두고 싸우는 것이었지만 이건 약자를 방패로 삼아서 자신들을 고사시키려고 한 것이 아닌가?

"이런 짓까지 그냥 참아야 한단 말인가? 그건 아닐세."

"물론 참으시라는 뜻이 아닙니다. 하지만 확실한 것은, 여기서 화를 내 봐야 결국은 조작으로 몰려갈 거라는 거지요."

"조작으로?"

"네."

"그게 무슨 말인가?"

"대룡과 성화는 전쟁 중이니까요."

이미 그곳에서 일하던 사람들은 모조리 해직당했다.

이 상황에 대룡이 나서서 이 사건을 까발린다면 어떻게 될까?

앙심을 품은 그들과 대룡이 뭉쳐서 조작했다고 주장하기 시작하면 끝도 없는 싸움이 시작되는 것이다.

"결과적으로 우리가 이 사건에 나서는 것은 좋은 생각이 아니라는 겁니다."

"그럼 어떻게 하라는 건가?"

"전에 말씀드렸던 프레임이라는 걸 써 보는 겁니다."

"프레임? 자네가 말한 그 약자와 강자의 프레임 말인가?"

"네, 그리고 우리가 먼저 나서면 우리는 강자이지요."

"설마……."

노형진은 대룡을 보호하고 진상들을 처리하기 위해 콜 센터 직원들 개개인이 진상들에게 소송을 넣는 쪽으로 했다.

그 덕분에 약자 대 강자의 프레임에서 콜 센터가 약자가 되어, 국민들의 지지를 얻어 내는 데에 성공했다.

물론 그 과정에서 대룡이 약간의 욕을 먹기는 했지만 심각할 정도는 아니었다.

"지금도 마찬가지입니다. 만일 우리가 그들과 함께 일한 다면 우리와 그들이 연합해서 조작한다는 주장이 나올 수도 있습니다."

물론 그걸 세상이 믿어 줄지 안 믿어 줄지는 알 수 없다.

그러나 확실한 것은, 그런 식으로 반격하는 경우 누군가는 대룡이 아닌 성화를 믿어 줄 거라는 것이다.

그리고 그 사람의 자리가 높을수록 그들에게 가는 뇌물도 많아질 테고, 뇌물이 많아질수록 믿음은 확고해진다.

"솔직히 너무 터무니없을 정도로 치졸한 행동이지요. 그렇지 않습니까? 그러니까 누군가는 도리어 대기업이 설마 그렇게까지 하겠느냐고 말하기도 할 겁니다."

물론 그런 말을 하는 사람들이 멍청한 것이다.

대한민국의 대기업은 돈만 된다면 그보다 더한 짓도 할 수 있는 집단이니까.

"그래서 어떻게 할 건가?"

"우리는 그 사실을 모르는 겁니다."

"뭐라고?"

유민택은 눈썹을 꿈틀했다.

그들 때문에 최소 500억, 최대 3천억 이상의 손해를 봤다고 추정되는 상황이다. 그런데 그 모든 사실을 알고도 모른 체해야 한다고?

"네, 우리 대신에 나서서 말해 줄 사람은 있으니까요."

그들은 지금쯤 열심히 증거를 모으고 있을 것이다.

⚖️

"마음의 준비가 되셨나요?"

손채림은 황아민에게 물어보면서 서류를 다시 한 번 탁탁거리면서 두들겨 예쁘게 정리했다.

황아민은 깊게 심호흡을 하면서 고개를 끄덕거렸다.

"이거 하면 진짜로 우리를 용서해 주시는 건가요?"

"용서라기보다는, 그냥 기회를 드리는 거죠."

황아민은 부르르 떨었다.

자신들이 했던 일에 대해 너무나 잘 알고 있는 새론.

그들이 그 증거까지 가진 상황에 자신들이 버려졌다고 생각하자, 그녀들도 살기 위해서는 성화를 배신하는 수밖에 없었다.

"그런데 의외로 증거가 참 많네요."

손채림은 그렇게 말하면서 증거서류들을 다시 확인했다.

그들은 자신들과 관련 없는 제3자의 기업을 만들어서 모든 것을 감추려고 했다. 그러나 그곳에서 일하던 사람들은 생각보다 그들과 성화가 연결된 수많은 증거를 가지고 있었다.

"그게, 돈이 없어서……."

"돈?"

"네."

듣고 있던 손채림은 기가 막혀서 말이 안 나왔다.

제대로 지원되지 않으니 물건을 아껴야 해서, 그곳에서 나온 종이들을 다시 이면지로 쓰기 위해 모아 뒀다는 것이다.

그런데 사람들은 그걸 폐지라고 생각해서 집으로 가져가기도 했고, 나중에는 기업이 다급하게 폐쇄되면서 남아 있던 종이라도 팔아 보겠다고 왕창 가지고 온 것이다.

폐쇄와 더불어서 그들은 해직당했으니까.

'바보 아냐?'

손채림은 기가 막혔다.

일반적으로 어떤 기업이든 기밀과 관련된 서류는 철저하게 파쇄하는 것이 기본이다.

자체 소형 파쇄기를 당연히 가지고 있고, 대량인 경우는 파쇄 전문 업체를 불러서 파쇄하기도 한다.

그런데 성화가 이렇게 날림으로 운영할 거라고는 생각도 못 했다.

게다가 정규직이라곤 해도 관리직 몇 명뿐이다.

그들은 대놓고 사원들을 무시했으니 이런 것에 대해 제대로 교육하지 않았던 것이다.

"그런데 진짜로 보복 안 들어올까요?"

황아민은 두려운 얼굴이었다.

그럴 수밖에 없는 게, 그녀는 20대부터 지금까지 성화를 위해 일해 왔기에 그들이 얼마나 무서운 존재인지 잘 알고 있었다. 그런데 이제 와서 성화와 척을 지어야 하다니, 그 사실이 너무나도 공포스러웠다.

"하기 싫으면 하지 않으셔도 돼요. 하지만 그로 인한 책임은 본인이 지시는 겁니다. 아시죠?"

황아민은 부르르 떨었다.

스스로 양심선언하는 형태로 사실을 까발리면 그녀에 대한 민사는 진행하지 않기로 했다. 물론 형사도 말이다.

그러니 그녀가 살기 위해서는 고발을 진행해야 한다.

그러지 않으면 그녀는 형사처벌과 더불어 몇억대의 손해배상을 해 줘야 하는 처지가 되기 때문이다.

"그냥 그만두고 가실 거예요? 전 안 말려요."

손채림은 그저 웃으면서 말했지만 황아민은 자신도 모르

게 부르르 떨었다.

확실히 웃는 얼굴이지만, 그 웃음과 함께 던져진 말의 내용은 너무나 무서웠기 때문이다.

설혹 마음을 바꿔 이제라도 그냥 가 버린다 해도 말리지 않는다, 하지만 그 뒤에는 수많은 민사와 형사가 기다린다.

이건 형태를 가진 확실한 공포와 막연한 공포의 대립인데, 역시 당장 목에 칼이 들어오는 공포가 그 무엇보다도 두려운 법이다.

귀신이 두렵다고 자살하는 사람은 없듯이, 자신에게 보복할지 하지 않을지 알 수 없는 성화가 무섭다고 당장 자신뿐만 아니라 집안이 박살 날 공포를 무시할 수는 없는 것이다.

"안 가요. 갈 생각도 없고."

그녀는 그렇게 말하면서도 떨리는 손으로 서류를 집어 들었다.

손채림은 그 모습을 빤히 지켜보면서도 딱히 진정시키거나 동정하지 않았다.

'최소한 이 정도 고통은 겪어야지.'

몇 년간 자신들의 생존을 위해서라는 이유로 남들을 괴롭혔던 사람들이다.

동정심이 가기는 하지만, 한편으로는 용납할 수 없는 짓이기도 하다. 그 때문에 그다지 우호적이지는 않았다.

그 순간 문이 열리면서 무태식이 모습을 드러냈다.

"기자들이 기다리고 있습니다. 다른 분들도 다 자리 잡았고요."

"네……."

"증거는 이미 다 정리된 거고, 나가는 길에 사본을 기자들에게 나눠 줄 테니 자세하게 보여 줄 필요는 없습니다."

황아민은 고개를 끄덕거리면서 후들거리는 다리를 이끌고 벽을 손으로 짚으면서 천천히 단상으로 나아가기 시작했다.

⚖️

"끝내주네."

대단위 양심선언.

한때 성화의 직원이었던 이들의 발표에 사람들은 실망을 금치 못했다.

그동안 성화와 대룡의 싸움이 치열해질수록 사람들에게도 널리 알려졌다.

하지만 국민들은 그다지 관심을 가지지 않았다.

그 둘이 싸워서 더 좋은 물건이 나오면 자신들에게 이득이니까.

실제로도 그게 현실이고.

하지만 이건 아니었다.

"어떻게 그럴 수가 있어?"

"애들 목숨 가지고 협박한 거잖아."

사람들이 광분하는 것은 다 이유가 있었다.

그들에게 사주받아서 무슨 짓을 했는지에 대해 언론을 상대로 기자회견을 하는 사람들이 자신들과 같은 노동자이며 또 한 누군가의 어머니이기 때문이었다.

"저희는 어쩔 수 없었습니다. 나쁜 짓이라는 것은 알고 있었습니다. 하지만 저희는 가족이 있고, 그들을 양육해야 했습니다. 제 남편은 10년 전에 사고로 죽었습니다. 첫째 아들은 군대에 있고 둘째는 이제 고등학교에 다니고 있습니다. 나쁜 짓인 걸 알지만, 전 아이들을 먹여 살려야 했습니다. 그 때문에, 이 못난 모정을 끊지 못해서……."

화면에 나와서 울먹이는 황아민.

그녀는 너무나 힘들었다.

낯선 사람들 앞에서 이렇게 하는 것도 힘들었고, 이렇게 하지 않으면 용서받지 못한다는 사실에 절망스러웠으며, 자신의 마지막 자존심마저도 시궁창에 버려야 한다는 사실에 죽고 싶은 기분이었다.

"저희는 이번 사실을 고민 끝에 세상에 알리기로 했습니다. 해직당해서 보복하는 거라고 하실 분이 있을 수도 있습니다. 하지만 최소한 자녀에게는 당당한 어미가 되고 싶었습니다. 그동안 저지른 일에 대해서, 죄책감에 고통스러웠습니다."

진짜 죄책감과 자신의 인생에 대한 회한이 스쳐 가면서 그녀들은 다들 눈물을 흘리고 있었다.

힘이 없다는 이유로 이렇게 처절하게 버려지고 고통받아야 한다는 것이 너무나 힘들었다.

"죄송합니다. 저희는……."

눈물을 흘리는 사람들.

그리고 그런 그녀들을 안쓰럽게 바라보는 기자들.

아무리 사건 사고를 취재해서 먹고사는 그들이라고 하지만 이러한 사건은 가슴이 아픈 것은 어쩔 수가 없었던 것이다.

"이제 어떻게 될까?"

"글쎄. 아무리 양심선언이라고 하지만…… 일단은 범죄야. 그러니 경찰이 개입하겠지."

"나라 꼴이 어떻게 되려고 이러는 건지."

"그런 건 신경 쓰지 마. 우리는 특종만 찾으면 된다고."

"이 정도면 충분히 특종인데?"

"그렇기는 한데……."

그들이 그렇게 이야기를 하는 그때였다.

끼이익.

기자회견을 하던 강당의 문이 열리면서 한 무리의 사람들이 안으로 들어왔다.

그리고 그 사람들의 선두에 선 남자를 확인한 기자들이 눈을 크게 떴다.

"저건?"

"유민택 회장 아냐?"

"그러게. 유 회장이 여기에 어떻게……?"

어리둥절하게 서로를 바라보는 기자들이다. 유민택이 여기에 올 이유가 없었기 때문이다.

"이봐요, 이거 어떻게 된 겁니까?"

"회장님이 여기에 왜 오신 거예요?"

기자들은 유민택과 함께 들어온 비서관을 잡고 물었다.

그런데 비서관 역시 어리둥절한 표정이었다.

"저희도 모르겠습니다. 저희도 급박하게 연락을 받아서요."

"연락?"

"네, 갑자기 회장님이 불같이 화를 내시면서 헬기를 준비하라고……."

"헬기요?"

그러니까 헬기까지 동원해서 여기에 왔다는 소리다.

물론 대학 강당을 빌려서 하는 것이니 근처에 헬기 착륙장이 있기는 할 것이다.

'근데 왜?'

기자들이 이해하지 못하는 것은 그것이다. 그가 올 이유가 없는 것이다.

물론 양심선언을 하는 거야 사전에 어느 정도 알려졌고 기자들 중 일부가 대룡에 알려 줬을 수 있으니 그가 아는 것은 어려운 것이 아니다.

하지만 나중에 관련 기자회견을 하거나 고발하는 수준에

서 모든 게 끝나지, 다른 사람도 아니고 유민택이 직접 올 이유는 없다.

"뭐 아는 거 없어요?"

"저희도 전혀요. 갑자기 움직여서 제대로 팀도 못 꾸린지라……."

확실히 일반적으로 회장이 움직이는 규모를 생각하면 규모가 작기는 하다. 더군다나 헬기로 움직였다면 많은 인원이 따라올 수도 없을 터.

다들 그 이유를 알기 위해 자연스럽게 유민택에게로 시선을 주었다.

"헉……."

"회장님."

그중에서 가장 놀란 사람을 뽑으라면 당연히 양심선언을 하던 아줌마들이었다.

이렇게 하면 그나마 선처를 받을 거라는 충고에 양심선언을 하기는 했지만 뜬금없이 상대 회사의 회장이 직접 나설 거라고는 조금도 생각하지 못했던 것이다.

"그만들 두십시오."

"네?"

갑자기 던져진 말에 다들 어리둥절한 얼굴이 되었다.

그 모습에 유민택은 왠지 주춤했지만 뭔가 결심한 듯 다시 입을 열었다.

"그렇게 자책하시지 말란 말입니다."

다들 고개를 푹 숙였다.

자신들은 대룡에 피해를 준 가해자다. 그리고 유민택은 다름 아닌 바로 그 대룡의 회장.

그가 죽이라고 하면 진짜로 대룡에서 그들을 죽이려고 들수도 있는 상황이었다.

그러나 유민택은 그렇게 할 생각이 없어 보였다.

"여러분이 어떤 걱정을 하시는지 잘 압니다. 그리고 무슨 생각을 하시는지도요. 저도 이 소식을 듣고 너무 화가 났습니다. 물론 여러분에게 화가 난 것이 아닙니다. 약자라는 이유로, 생존이 달려 있다는 이유로 태연하게 직원을 범죄자로 만드는 사회에 분노한 것입니다."

말은 돌려서 했지만 그 대상이 성화인 것은 모두가 아는 사실.

"그래서 이렇게 급하게 온 겁니다. 여러분은 피해자입니다. 여러분이 잘못한 게 아닌데 여러분이 고통스러워해서는 안 됩니다."

"회장님……."

"기자회견은 여기까지입니다. 여러분의 고발은 감사합니다만, 그로 인해 여러분이 고통받는 것은 원하지 않습니다."

다른 사람도 아니고 피해자가 기자회견을 멈추자 기자들은 어리둥절한 모습이 되었다.

"여기에서 있었던 일은 감출 수 없겠지요. 하지만 이분들은 가해자이기 이전에 피해자입니다. 기사를 막을 수는 없겠지만 이분들의 얼굴 정도는 가려 주시기 바랍니다."

"아!"

일반적으로 기자회견은 자신의 신분을 드러내는 행위다. 그런데 유민택은 기자회견장에서 기자들에게 얼굴을 가려 달라고 부탁한 것이다.

"그리고 이분들에 대한 변호사는 저희 대룡에서 선임하겠습니다."

"회장님?"

듣고 있던 비서진조차 당혹게 하는 말이었다.

자신들에게 피해를 준 가해자들에게 변호사를 선임해 준다니, 어리둥절할 수밖에 없었다.

"저기 회장님, 이건 친고죄입니다."

업무방해 등은 친고죄다. 그러니 변호사를 선임할 이유가 없다.

당장 피해자인 대룡이 고발을 하지 않으면 그만인 것이다.

"압니다. 하지만 저희 대룡이 걱정하는 것은 다른 것입니다."

"다른 것?"

"우리나라에서 내부 고발자들이 어떤 꼴을 당했는지 아시지 않습니까?"

"아!"

기자들은 탄성을 질렀다. 너무나도 잘 알기 때문이다.

일단 명예훼손과 허위 사실 유포로 고발이 들어갈 테고, 그들에 대한 무차별적인 민사가 진행될 것이다.

한국에서 내부 고발을 한다는 것은 자살의 한 방법이라고 할 정도로 보복이 심하다.

물론 내부 고발자를 보호하는 법률이 있지만, 애초에 내부 고발자에게 보복하는 게 국가일 정도로 그건 지켜지지 않는 법이다.

"이분들의 안전을 위해 변호사를 선임할 뿐만 아니라 이분들의 생계도 감안하려고 합니다."

"생계도 감안한다고요?"

"네. 저희 대룡에서는 이번에 대대적으로 콜 센터 직원을 충원하기로 했습니다. 원하신다면, 그곳에 이분들을 입사시켜 드리겠습니다."

양심선언을 하던 사람들은 입을 쩍 벌렸다.

설마 자신들이 다른 곳도 아니고 대룡에 재취업될 거라고는 생각도 못 했던 것이다.

물론 그게 쉽게 이루어질 수는 없는 노릇.

뒤에서 듣고 있던 노형진이 황급히 유민택의 앞을 가로막았다.

"회장님, 그건 곤란합니다."

"곤란?"

"고발에 관하여는 회장님이 마음대로 할 수 있지만, 직원을 무단으로 고용하는 것은 특혜 시비가 나올 가능성이 높습니다."

노형진이 당황한 듯 고용에 대해 태클을 걸자 유민택은 분노한 듯 은은한 목소리로 노형진에게 말했다.

"누가 시비를 건단 말인가?"

"그거야……."

물론 대놓고 말하는 사람은 없을 것이다. 하지만 뒤에서 숙덕거릴 가능성은 높다.

"그렇게 취업하고 싶으면 당당하게 나오라고 해."

"네?"

"난 이분들의 용기에 감복했네. 잘못된 걸 잘못되었다고 말하는 게 얼마나 힘든 일인가? 그런데 그걸 당당하게 말하면서 잘못을 인정했어. 난 세상에는 이런 사람이 필요하다고 생각하네. 이분들은 자녀에게 당당한 사람이 되기 위해 나섰네. 난 대기업의 대표로서, 용기 있고 올바른 사람이 바른말을 할 수 있는 세상이 되기를 바라네. 그래서 이분들을 고용하고 지키고자 하는 게야. 그런데 누가 반대를 하나? 그러면 당당하게 내 앞에 나서서 이번 고용이 잘못되었다고 말하라고 하게."

"끄응……."

유민택의 말에 노형진은 어쩔 수 없다는 듯 뒤로 물러났고, 보고 있던 아줌마들은 눈물을 펑펑 흘리면서 그에게 매달렸다.

"감사합니다. 감사합니다."

"이 은혜는 절대로 잊지 않겠습니다."

"이런 곳인 줄도 모르고 그렇게 대룡을 욕했다니……. 죄송합니다. 죄송합니다, 흑흑흑."

눈물을 흘리는 그 모습에 기자들은 괜히 코끝이 시큰거렸고, 유민택은 그런 아주머니들을 자신의 손으로 일일이 일으켜 세웠다.

"진정하세요. 전 올바른 일을 한 분들에게 정당한 대우를 해 드리는 것뿐입니다."

"회장님……."

눈물을 흘리면서 감사하는 사람들.

좀 떨어진 곳에 있는 노형진은 씁쓸한 미소를 지을 뿐이었다.

⚖️

"자네 말이야, 그 아주머니들한테 말 안 했지?"

유민택의 말에 노형진은 씩 웃었다.

"그래야 리얼리티가 살죠."

"리얼리티?"

"네, 아무래도 전문 연기자들이 아니니까요."

원래 노형진은 모든 것을 다 준비한 상태였다.

그들에게는 말하지 않은 채로 유민택에게만 말해서 정식으로 고용하는 퍼포먼스를 하도록 한 것이다.

물론 그걸 아는 사람은 오로지 단 한 명, 유민택뿐이었다.

그러나 그런 유민택조차도 당연히 이야기가 다 끝났다고 여겼지, 설마 전혀 모를 거라고는 생각도 못 했다.

"아무래도 그분들은 연기자가 아니다 보니 자연스럽게 하기는 힘들죠. 그렇다고 연습을 시키자니 시간은 빡빡했구요. 그렇다면, 자연스럽게 나오게 하려면 그냥 안 알려 주는 게 최선이지요."

"그동안 맘고생한 건?"

"뭐, 아무리 남의 명령 때문에 한 일이라고 하지만 그 정도 맘고생은 해야 처벌이라고 할 수 있지 않겠습니까?"

"끄응, 자네는……. 그런데 왜 자네가 말해 두고 자네가 반대한 거야?"

마지막 순간에 노형진이 반대하는 것은 계획에 없었던 것이다.

그러나 유민택은 그가 노리는 것이 있을 거라 생각하고 그의 장단에 맞춰 준 것이었다.

"실제로 그걸 가지고 불만을 품는 사람이 있을 테니까요."

"그런가?"

"네, 어찌 되었건 정식 고용입니다. 당연히 특혜 시비가 나오지요. 하지만 제가 이미 나서서 욕을 들어 처먹었는데 누가 또 나서려고 하겠습니까?"

"아!"

그 사건이 뉴스에 나간 후 사람들은 대인배스러운 대룡과 유민택에 대해서는 칭찬을 아끼지 않았고, 이런 일을 저지른 성화에 대해서는 분노를 감추지 않았다.

그리고 그 안에는 불만을 제기한 노형진에게 적대적인 시선을 보내는 사람도 적지 않았다.

"어차피 변호사는 나서서 욕먹어야 하는 사람들입니다. 그러니 나서서 욕을 먹고, 불만을 가진 사람들을 미리 걸러 내는 것이 가장 좋은 방법이지요."

만일 고용이 진행된 후에 불만이 접수된다면 그 이후로도 끊임없이 불만이 재생산된다.

하지만 지금과 같이 노형진이 먼저 나서서 집중 타격을 받고 있는 상황에서는 나서 봐야 욕이나 같이 먹을 뿐이지, 이미지 선점이나 정당한 항의 같은 것은 불가능하게 된다.

이미 노형진을 욕하는 상황에서 누가 합당한 말을 한다 해도 사람들이 갑자기 바꾸려고 하지 않기 때문이다.

"결국 그렇게 되면 우리는 깔끔하게 고용할 수 있게 됩니다."

"허허허."

자신도 나름 머리를 쓴다고 했는데 노형진은 두 수 이상을 내다보는 느낌이었다.

혹시 모를 질투로 인해 나타날 불만까지 막아 둬 버린 것이다.

"뭐, 이번 사건으로 인한 이득은 말로 할 수 없을 정도이겠군요."

"그렇지. 최소한 3천억 이상의 광고효과가 발생했을 거라고 전략실에서 판단하더군."

기업의 이미지를 재고하기 위해서는 엄청난 광고와 엄청나 자금이 들어간다. 그러나 그렇게 올린 이미지도 한 번의 실수로 박살 나는 일이 허다하다.

'반대로 사건을 제대로만 조작한다면 이미지를 높이는 것도 가능하지.'

노형진은 이걸 가지고 모든 것을 계획했고, 그 덕분에 대룡은 돈 얼마 안 들이고 국민들에게 '바른 기업'이라는 이미지를 확실하게 박아 둘 수 있었다.

"우리야 뭐 적지 않은 이득을 얻었지만 성화는 속 좀 쓰리겠네요."

"그렇겠지, 하하하하!"

유민택은 신나게 웃었다.

물론 금전적으로 성화에 타격을 준 것은 아니다. 하지만 성화가 이들을 운영해서 깎으려고 했던 것은 다름 아닌 대룡의 이미지였다.

그러나 이번 사건이 터짐으로 해서 성화의 이미지가 도리어 바닥을 쳐 버렸다.

그리고 그것은 어떻게 보면 금전 싸움보다 훨씬 더 큰 승리였다.

⚖️

"빌어먹을!"

김일성은 이를 박박 갈았다.

전혀 예상하지 못한 방식으로 뒤를 치면서 적지 않은 피해를 주고 있다고 했는데 그게 한 방에 뒤집히면서 성화의 이미지가 바닥을 치게 된 것이다.

"회장님, 당장 기자들이 인터뷰를 요청하고 있습니다만……."

"이 새끼야! 지금 인터뷰하게 생겼어!"

자신들이 한 짓에 대한 빼도 박도 못할 증거와 증언이 나온 것만으로도 죽을 맛인데, 유민택이 다짜고짜 변호사를 고용한 것이 타격이 컸다.

유민택은 성화의 보복에서 그들을 지키기 위해 변호사를 선임한다고 했는데, 그렇게 되면 이쪽에서 보복하지 않는다고 할지라도 사람들은 이미 보복하는 것으로 기정사실화해 버린다.

안 그래도 시궁창인 이미지가 더욱 바닥으로 떨어지는 것이다.

"당장 어떻게든 막아 보란 말이야!"

"그게······."

막고 싶은 마음이야 굴뚝같지만 이번 사건은 다른 사건과 달랐다.

기존에 있던 사건들은 그저 대기업끼리의 충돌이었다면 이번 사건은 절대적 권력을 이용해서 일반적인 서민을 범죄에 동원한 것이었기 때문에 국민들이 느끼는 충격은 비교할 바가 없을 정도로 컸다.

특히나 그 대상이 황아민처럼 절대로 거부할 수도 없는 극한에 몰린 사람들이었다는 사실 때문에, 누가 이기든 상관없으니 두고 보자던 분위기는 '성화 망해 버려라.' 하는 이미지로 돌변하고 있었다.

"회장님!"

"뭐야!"

"큰일 났습니다!"

"뭔데?"

"뉴스에서······."

"뉴스?"

뉴스를 틀자 한 무리의 사람들이 어떤 물건들을 산더미처럼 쌓아 두고 기름을 뿌리는 모습이 보였다.

그리고 그와 동시에 들리는 아나운서의 목소리.

─어젯밤 9시경 시민 단체······ 성화의 물품에 대한 화형식이 거행
되었습니다. 시민 단체들은 성화에 대한 불매운동을 시작하겠다고
하였으며······.

"이익······."

생각하기 싫은 최악의 상황까지 나타났다. 시민 단체들이
낀 것이다.

저들이 요구하는 것은 단 하나, 적절하게 지급되는 일종의
지원금.

그게 없으면 그들은 저런 퍼포먼스를 계속하면서 성화의
이미지를 계속 시궁창으로 처박을 것이 뻔했다.

문제는 지금 가뜩이나 싸움에서 밀리는 데다가 불매운동
까지 벌어지고 있어, 성화에는 그들에게 지급할 충분한 자금
이 없다는 것이다.

"이런 빌어먹을······."

김일성은 그 모습을 보면서 처참하게 무너져 내릴 수밖에
없었다.

여성이라는 흉기

"위하여!"

"위하여!"

대룡과 새론의 사람들은 가끔 만나서 술을 한 잔씩 하곤 한다.

물론 거래처라는 이유 때문에 극히 드문 일이지만, 그럼에도 불구하고 대룡과 새론은 무척이나 친밀한 편인지라 접대 같은 게 아니라 진짜로 친목 차원에서 술을 한 잔씩 하곤 한다.

"자네 덕분에 이번에 아주 한 방 크게 먹었어, 하하하!"

유민택은 맥주잔을 기울이면서 크게 웃었다.

이번 승리는 금전적인 게 아니라 이미지에 관련된 것이었지만 대기업들에게 금전보다 더 중요한 것이 바로 이미지다.

"뭐, 운이 좋았지요. 어떻게 보면 회장님이 해결하신 겁니다."

"내가 말인가?"

"네. 만일 회장님이 다른 사람들처럼 콜 센터 직원이라고 무시하고 그들의 고충을 해결해 줄 생각을 하지 않으셨다면 성화가 뒤에서 그런 짓거리를 하고 있다는 사실을 누가 알았겠습니까?"

"하하하, 사람도 참, 아부는."

"아부가 아닙니다. 진짜로 그렇습니다."

노형진이 아부하는 성격도 아닐뿐더러 그럴 필요도 없다.

그렇기 때문에 그가 유민택에 대해 말하는 것은 사실이었다.

"스스로 칼을 뽑으셨기 때문에 대룡이 성장할 수 있는 겁니다."

"뭐, 아부가 아니라고 하니 그렇게 받아들이겠네, 하하하."

대룡 정도 되는 기업의 가장 큰 문제는 다름 아닌 고착화다.

규모가 거대해지고 서열화가 고정되면 아무리 아래에서 문제점을 지적해도 위에서 잘라 버리기 때문에 문제가 해결되지 않는다.

그러나 대룡은 유민택이 복수를 위해 극도의 효율성을 추구하고, 그 과정에서 짐이 될 만한 진상들이나 기업 내부의 월급도둑들을 모조리 쳐 내면서 기업 자체가 젊어지는 효과가 나타난 덕분에 무척이나 빠르게 성장하고 있는 상황이었다.

'이성이 안다고 해서 다 할 수 있는 것은 아니다.'

이것이법이다

시중에 자기 계발서는 넘쳐 난다.

이렇게 하면 성공한다, 이렇게 하면 돈 번다.

그러나 그걸 실천할 수 있는 것은 극히 일부.

회장도 마찬가지다.

기업을 젊게, 그리고 강하게 바꿔야 한다는 것을 모르지는 않는다. 하지만 그 과정에서 불어올 피바람을 두려워하는 것이다.

'복수는 나의 힘이라는 건가.'

그러나 유민택은 복수를 선택하면서 모든 것을 버렸다.

자신을 지지해 줬던 개국공신들도, 그리고 수십 년을 일해 온 자들도, 무능하고 자기 자리만 지키려고 하는 자들도 과감하게 쳐 냈다.

그 결과 대룡은 어느 때보다 강하고 빠르게 성장 중이었다.

'그에 반해 성화는……'

그나마 성화와 대룡의 싸움은 둘 사이의 일이기 때문에 이미지 자체를 훼손시키지는 않았지만, 이번 사태로 성화는 돌이킬 수 없을 정도로 큰 이미지 타격을 입었다.

정치권에서도 성화를 규탄하고 있고, 사회단체는 아주 대놓고 불매운동을 하고 있다.

"아마 성화는 추락을 면치 못할 겁니다."

"그렇겠지. 민심은 천심이라는 말이 있으니까."

그동안은 뇌물과 로비로 대룡과 싸운 그들이었다.

대룡의 가장 큰 무기가 노형진과 바른 기업이라는 이미지였다면, 성화의 무기는 뇌물과 로비로 법과 규칙을 마음대로 통제할 수 있다는 것이었다.

"하지만 지금 같은 상황이 된다면 그렇게 하는 게 무리죠."

"그렇겠지."

온 나라가 성화를 바라보고 있는데 정치인들이 그들의 편을 들어 줄 수는 없는 일.

물론 이번 사건으로 인해 성화가 아예 무너질 정도는 아니지만, 대룡이 이번 기회를 놓칠 리 없으니 엄청난 타격은 가해질 것이다.

"내 그동안 성화 놈들과의 싸움에서 많이 이겼지만 오늘같이 기쁜 승리는 처음이야, 하하하."

이번 사건은 다른 사건과 다르게 거의 돈이 들어가질 않았다.

물론 예순 명이나 되는 콜 센터 직원을 고용하게 되기는 했지만, 어차피 기존 콜 센터 직원들 중 일부가 이번 사건 이후에 나가기로 해서 충원은 필요한 상황이었다.

두둑한 손해배상을 받고 일을 그만둔 사람이 적지 않았던 것이다.

"하지만 성화는 역대 최악의 상황일 걸세, 하하하."

유민택은 행복하게 웃었다.

노형진은 그런 그의 잔을 가득 채웠다.

"이렇게 행복한 날에는 한잔하셔야지요."

"마셔야지. 불취불귀라는 말이 있지. 취하지 않는 자는 보내지 않는다. 으하하하!"

유민택은 잔을 높이 들었다.

"아이구, 머리야……."

노형진은 울리는 머리를 잡으면서 사무실에 엎드려 있었다.

머릿속에서 종이 뎅뎅거리면서 울리는 느낌은 절대로 좋다고 할 수 없었다.

"못 먹는 술을 왜 그렇게 먹어?"

"우……."

떡하니 노형진의 눈앞에 놓이는 꿀물 한 캔.

노형진은 지끈거리는 머리를 부여잡으면서 그걸 잡았다.

캔을 통해 느껴지는 따뜻한 온기를 보니 온장고에서 꺼낸지 얼마 안 되는 모양이었다.

"세상 사는 게 쉽냐. 접대도 하고 그래야지."

"접대? 접대 같은 소리 하고 있네. 세상에 네가 접대를 한다고? 네가 접대를 받은 거겠지."

"그럴 것 같냐?"

"어."

"우우우."

노형진은 차마 말은 하지 못하고 캔을 따서 입으로 들이켰다.

따뜻한 꿀물이 위장으로 넘어가자 그나마 쓰리던 속이 달래지는 느낌이었다.

"사 오려면 숙취 해소 음료를 사 오지 그랬어. 꿀물 말고."

"가난한 자취생을 얼마나 뜯어먹으려고. 그거 5천 원 넘거든!"

"그래서 꿀물이냐? 그것도 1+1?"

"헛, 어떻게 안 거야?"

"네 오른쪽에 불룩한 게 이 병하고 똑같이 생겼거든!"

손채림은 입을 삐쭉 내밀었다.

"그래서 이것도 달라고?"

"아니다. 물로 배를 채우고 싶지는 않아. 그런데 어쩐 일이야?"

그녀는 어제 축제에 오라는 말에 참석하지 않았다. 그다지 술을 먹고 싶지 않다면서 말이다.

사실 말 그대로 친목을 위한 약속이었기 때문에 그다지 강권하는 분위기가 아니라서 안 가도 뭐라고 하는 사람이 없으니까 가능한 말이기는 했다.

"그냥 술 좀 깨면 사건 하나만 부탁하려고."

"사건?"

"그래."

"무슨 사건인데? 잠깐…… 그래, 일단 술 깨면 이야기하자."

노형진은 물어보다가 다시 머리를 부여잡고 주저앉았다.

"일단 접수는 하고."

"접수하기가 애매해서 그래."

"애매해?"

"그래. 이건 영 분위기가 안 좋아서 말이지."

"뭔데?"

"일할 수는 있겠냐?"

"듣기는 할 수 있을 것 같다. 아…… 작게 말해, 작게. 골 흔들리는 것 같으니까."

"그냥 쉬지?"

"내 속이 편해지는 걸 기다리는 사이에 의뢰인의 피해는 더 커진다고. 일단 판단은 해야 할 거 아냐."

"그렇게 술 먹었는데 판단할 수 있겠어?"

"머리는 깨끗해. 그냥 속이 좀 뒤집히는 것 같아서 그렇지."

머리를 부여잡고 말하라고 손을 흔드는 노형진.

그걸 본 손채림은 어깨를 으쓱하고는 말하기 시작했다.

하지만 노형진은 그 목소리에 머리를 더 쥐어뜯을 수밖에 없었다.

"작게 말해…… 작게……."

"알았다. 하여간 누가 보면 양주 두 병은 먹은 줄 알겠네. 고작 맥주 네 잔 먹었으면서."

"술 안 받는 게 내 체질인걸."

그렇게 말하면서 머리를 잡고 다시 말하라고 손짓을 하는 노형진.

손채림은 그 손을 보고 다시 사건을 낮은 목소리로 설명하기 시작했다.

"일단 접수는 되어 있긴 하지만 비공식 접수야. 사건 자체가 의뢰인과 피해자가 다르기 때문에 피해자의 동의를 얻지 못해서."

"그래?"

가끔 이런 상황이 오기는 한다. 주변에서 누군가에게 피해를 입는 사람을 도울 변호사를 선임해 주려고 하는 것 말이다.

다른 변호사 사무실은 그런 걸 접수해 주지 않기 때문에 방법이 없지만, 새론의 경우 가접수를 한 후에 피해자를 설득해서 사건을 정식으로 수임받는 방식을 쓴다. 그래서 다른 누군가를 돕고자 하는 사람들이 많이 오기는 한다.

만일 피해자가 끝까지 거절한다면 10% 정도의 비용만 받고 모두 환불해 주기 때문에 그렇게 의뢰하는 사람이 적지 않았다.

"사건을 의뢰한 건 내 선배야."

"선배?"

"그래. 나 음악 하러 독일에 갔다 왔잖아?"

"그렇지."

손채림의 재능은 음악이다. 독일에까지 가서 음악 공부를 하고 오기도 했다.

노형진을 만나 길이 바뀌면서 손을 놓았고, 그 때문에 가문에서 쫓겨나다시피 한 상황이지만.

"독일에서 만난 언니인데, 지금은 무궁화 오케스트라에 있어."

"무……? 뭐?"

"무궁화 오케스트라라고, 국가에서 지원하는 문화단체야."

독일에서 공부를 마치고 들어온 그녀는 그곳에 입단해서 생활하고 있었고, 손채림이 한국으로 돌아온 후 가끔 연락하고 만났다고 한다.

"그런데? 뭐, 그곳에서 월급이라도 못 받은 거야?"

"그런 건 아니고."

"그러면?"

"왕따 관련이야."

"회사에서 왕따시켜?"

"어…… 그렇기는 한데, 언니는 아니고 지휘자를."

"뭐라고?"

노형진은 말하면서 고개를 들었다.

그러나 다시 지끈거리는 머리 때문에 고개를 푹 숙여야 했다.

"쯧쯧, 잘하는 짓이다."

"잘못한 거 아니까 일단 천천히 말해 봐. 무슨 소리인데?"

"지휘자가 자기하고 비슷한 시점에 왔는데, 조직적인 축출이 일어나고 있나 봐."

"축출?"

"그래."

"웬 축출?"

"소위 말하는 윗선 길들이기."

노형진은 얼굴을 찌푸렸다. 그게 뭔지 충분히 이해하기 때문이다.

사람들은 상명하복이라고 하지만 조직이란 것이 완벽하게 그럴 수는 없다.

상명하복 자체가 상당히 문제가 많은 조직 시스템인 것도 있거니와, 위에 있는 사람이 언제나 바르지만은 않기 때문이다.

오히려 위에 있는 사람이 문제가 많은 경우 상명하복은 조직 자체가 무너지는 원인이 되곤 한다.

"아랫사람들이 윗사람을 축출하려고 한다고?"

"그래."

"흠……."

"왜?"

"아니, 이상해서."

"뭐가?"

"내가 그런 것에 대해서는 잘 알거든."

심지어 군대라는 공간에서도 그러한 윗선 길들이기가 존재한다.

물론 가끔 질 나쁜 녀석들이 주도하기도 하지만, 윗선의 심각한 무능으로 인해 발생하는 경우가 대부분이다.

특히나 군대 같은 경우는 내부 고발 시스템이 전무하다. 병사들이 아무리 상부의 무능을 이야기해 봐야 오는 것은 징계뿐이다 보니 그런 경우가 종종 있다.

그럴 수밖에 없는 게, 지금 그들을 지휘하는 장교는 전쟁터에서도 지휘한다는 뜻이고, 이는 즉 자신들의 목숨을 걸어야 한다는 뜻이다. 그리고 세상 누구도 무능한 인간에게 자기 목숨을 걸고 싶어 하지는 않는다.

문제는 무능한 지휘부일수록 그런 걸 모른다는 것.

그래서 가끔 이런 사건이 생기곤 했다.

"그런데 왜?"

"너희 언니가 고발한 거라면 너희 언니는 하급이라는 소리거든. 그런데 하급이 지휘자를 지키기 위해 의뢰할 정도면 그 사람이 잘못된 인간일 가능성은 그다지 높지 않아. 그렇다면 결론은 하나뿐이지."

"어떤 결론?"

노형진은 손채림의 질문에 싱긋 웃으면서 말했다.

"바로 조직의 부패. 이런 경우가 발생하는 또 다른 경우는, 조직이 부패되어 있는데 그 조직 개혁을 조직원들이 막는 경우거든."

"너 은근 무섭다."

"왜?"

"그냥. 하나도 이야기 안 했는데 다 알아서 맞히잖아. 전생에 무당이었나?"

"전생에 변호사였다."

"응?"

"아니야. 그런 거 있어."

위만 썩는 게 아니라 조직도 썩을 수 있다.

그러다가 위에서 개혁하려고 하면 그에 저항하는 것도 가능하다.

실제로도 윗선이 무능해서 벌어지는 사태만큼이나 자주 벌어지는 것이 바로 조직 자체의 부패다.

"다른 가능성도 있잖아? 가령…… 지휘자와 내가 아는 언니가 개인적으로 아는 사이라든가."

"그러면 같이 고소했겠지. 하지만 가접수라면서? 그건 피해자의 동의를 얻지 못했다는 뜻이잖아. 그렇다면 연인 관계일 수는 없지. 그리고 비슷한 시기에 왔다는 건 새로 온 사람의 입장에서는 이해가 안 간다는 뜻이니, 그건 결국 내부 비리라는 거지."

"역시 대단하네. 정확해."

"으으…… 탄성은 좋은데 소리는 좀 낮춰서……."

손채림이 소리를 지르자 다시 머리를 부여잡는 노형진.

"쏘리."

"자세한 이야기 좀 들어 볼까?"

"네가 한 말이랑 비슷해."

손채림의 아는 언니는 독일에서 끝까지 공부를 마치고 얼마 전 한국으로 귀국해서 무궁화 오케스트라에 입단했다.

그녀가 입단하고 난 지 한 달 후 그녀처럼 공부를 마치고 한국으로 온 지휘자가 기존에 있던 지휘자를 대신해서 고용되었다고 한다.

"전에 있던 사람은?"

"정년퇴직."

"흠…… 그래서?"

"그런데 그 후에 문제가 터졌어."

새로 온 사람의 입장에서 현재의 구조는 도무지 받아들일 수가 없는 것이었다. 당연히 그걸 고치려고 하기 시작했고, 단원들과 지휘자는 정면으로 충돌하게 되었다.

"상식적으로 판단하면 단원들이 잘못하고 있다는 소리겠지."

"그래."

아직 그들에게 오염되지 않은 사람의 입장에서는 단원들의 행동이 도무지 이해가 가지 않을 것이다.

하지만 자신이 나서기에는 부담이 되는 것이 많다.

"법적으로도 애매하고, 그렇다고 고발을 하자니 보복이 두렵고."

"응."

"끄응…… 원래 악이 승리하는 가장 빠른 방법은 선이 침묵하는 거라고 하지."

내부에 그 사람처럼 잘못되었다고 생각하는 다른 이가 없지는 않을 것이다.

하지만 악한 사람들이 권력을 잡고 그들을 통제한다면 과연 누가 선하게 행동하겠는가? 선하게 행동하는 순간 불이익이 올 텐데.

"한번 만나 봐야겠네."

"접수하는 거야?"

"이런 사건은 일반적인 변호사들이 해결 못 할 테니까."

이런 윗선 길들이기는 법적으로 처벌하기도 힘들고 증거를 잡기도 힘들다. 그러니 일반적인 변호사들이 처리하는 것은 거의 불가능에 가깝다.

그들의 내면을 다 읽어야 하니까.

"정식으로 피해자를 만나서 이야기해 보고 판단하자."

"그래. 그럼 바로 준비하지, 뭐."

"어…… 근데 그거 내일 가면 안 될까?"

바로 일어나려고 하는 손채림의 모습에 노형진은 머리를 부여잡고 말했다.

손채림은 그런 그를 보면서 피식 웃을 수밖에 없었다.

⚖

"노형진이라고 합니다."

"유지연이라고 해요."

유지연은 긴 생머리가 잘 어울리는, 차분하게 생긴 아가씨였다.

"전공으로 바이올린을 하고 있습니다."

"네, 이야기는 들었습니다."

서로 인사하고 있지만 옆에 있던 남자만은 유독 불편한 얼굴이었다.

"이분은 우리 지휘자이신 성유신 선생님이세요."

유지연은 씁쓸한 표정으로 말했다.

"반갑습니다."

"아, 네."

상당히 적대적인 시선으로 바라보는 성유신.

노형진은 그런 모습을 보면서 대충 이해가 갔다.

'한국에 돌아왔는데 이 꼴이니 누구도 믿기도 힘들겠지.'

조사한 바에 따르면 그는 촉망받는 지휘자다. 독일에서 붙잡았음에도 불구하고 한국 클래식의 발전을 위해 한국으로 돌아왔다.

'그런데 현실은 시궁창이지.'

발전은커녕 졸지에 공격당하고 있으니 누구를 믿겠는가?

그나마 유지연은 들어온 지 얼마 안 됐다고 하지만 어찌 되었건 그보다 먼저 온 사람이다. 그러니 속이지 말라는 법은 없다.

"저희에 대해 의심을 하는 건 이해합니다. 하지만 잘못된 걸 고치려고 하는 건 저희도 마찬가지입니다. 새론에 대해 조금만 알아보시면 아시게 될 겁니다."

"알아보기는 했습니다만……."

"그런데 저희를 못 믿으시겠습니까?"

"하아……."

성유신은 한숨을 푹 쉬더니 머리를 흔들었다.

머리로는 새론과 노형진에게 도움을 요청해야 한다는 사실을 알고 있다. 하지만 그동안 당한 게 너무 많아서, 섣불리 믿음이 생기지 않았다.

"믿음이라는 게 한 번에 생기는 건 아니지요. 충분히 이해합니다."

"죄송합니다."

"아닙니다. 하지만 최소한 사건에 대해 설명은 해 주실 수 있겠지요?"

"그건……."

"만일 그것도 힘들다면 저희도 방법이 없습니다. 믿음이라는 것은 자신의 내면을 보여 주어야 비로소 싹트기 시작하는 것이니까요."

"끄응…… 알겠습니다."

성유신은 침을 꿀꺽 삼키면서 말을 꺼냈다.

"그러니까 처음부터 이런 것은 아니었습니다."

처음에 정년퇴직을 한 전임자를 대신해서 왔을 때, 그래서 서로 인사를 나눌 때까지만 해도 이렇게까지 배타적이지는 않았다는 것이다.

"그런데 이상기류가 생기기 시작한 것은 제가 선곡하면서 부터였습니다."

"선곡?"

"네."

무궁화 오케스트라는 국가의 지원을 받는 곳이고, 그 조건을 유지하기 위해서는 정기적으로 공연을 해야 한다.

"그런데 제가 선곡을 하자 다들 반대하더군요."

"왜요?"

"어렵답니다."

"어렵다고요?"

"네."

그가 고른 곡은 가장 많이 연주되는 대표적인 클래식으로, 기본적인 소양만 있으면 누구든 연주할 수 있는 곡들이었다.

"솔직히 제가 어려운 곡을 선택한 것도 아니에요. 초반이니까 가벼운 마음으로 가자고 가벼운 곡 위주로 선택했지요."

"그런데요?"

"그런데 그게 어렵답니다."

어이가 없어서 말이 안 나온다는 표정이 되는 성유신이었다. 말을 시작하자 조금씩 마음이 열리는 것이다.

"세상에 〈봄의 왈츠〉가 어렵다고 하면 어쩌자는 겁니까?"

"에?"

손채림이 자신도 모르게 입을 떡 벌렸다.

〈봄의 왈츠〉는 입문자용으로 사용되는 가벼운 곡이라 연주도 쉽다.

물론 일부 배우는 것과 전부 연주하는 것이 다르다고는 하지만, 〈운명〉 같은 것에 비하면 그 난이도가 낮을 수밖에 없다.

"그런데 그게 어렵다고 하더군요."

"그게 어렵다라……."

"네. 그래서 그동안 연주한 곡을 확인해 봤습니다."

그랬더니 지난 몇 년간 행사 때 연주한 곡들은 대부분 흔한 가요나 쉬운 가곡 위주였다는 사실을 알 수 있었다.

"물론 가요 중에도 어려운 곡이 있지요. 하지만 그들이 연주한 것은 대부분 쉬운 구조로 되어 있는 가요들입니다."

"그래요?"

"네. 자기들 말로는 국민들에게 익숙한 곡 위주로 골랐다는데, 그게 말이 됩니까?"

"흠……."

가요가 클래식보다 국민들에게 보다 익숙한 것은 분명 맞는 말이다.

하지만 가요는 어디까지나 가수들의 영역이다.

오케스트라의 영역은 기본적으로 클래식이니 가끔 가요와

접목시켜서 사람들이 좀 더 편하게 듣게 하면서 클래식 저변을 확대하는 것이 그들의 목적이지, 가요가 익숙하니까 가요만 하면 안 되는 것이다.

"거기까지는 좋습니다. 그래서 어려운 곡이 아니니 연습 조금만 하면 된다고 했습니다."

연습을 하다 보면 당연히 익숙해진다.

일단 취업할 당시만 해도 기본적으로 음악적 교육을 받고 온 사람이니 소위 말하는 '몸이 기억하는 상황'일 것이다. 조금만 더 연습하면 본래 실력이 나오는.

"그런데 그럴 시간이 없다는 거예요."

"그럴 시간이 없다?"

"네."

"아니, 왜요?"

국가에서 지원받는 이상 그들은 정해진 시간만큼 근무를 해야 한다. 그들이 서류 작업을 하는 것은 아니니, 출근해서 연습할 시간은 충분하다.

"알바를 해야 한다는 겁니다."

"알바?"

"네."

"그 정도로 박봉인가요?"

노형진은 고개를 갸웃했다.

무궁화 오케스트라는 한국을 대표하는 오케스트라이고 그

때문에 국가에서도 지원을 많이 할 뿐만 아니라 기업 차원의 후원도 적지 않다고 알고 있기 때문이다.

'물론 진짜 박봉의 오케스트라도 있기는 하지.'

그들은 자신들이 좋아서, 그리고 진짜 음악을 위해 박봉을 받아 가면서 일을 한다. 그러나 무궁화 오케스트라는 아니다.

"박봉이라고 할 수는 없죠."

유지연은 씁쓸하게 말했다.

"제가 취업할 때 230을 받았으니까요."

"초봉으로요?"

"네. 3년만 버티면 한 300 정도 받아요."

"그건 적은 게 아닌데요?"

물론 돈이라는 것이 상대적이기는 하지만, 음악인으로서 300만 원 정도의 월급은 적은 게 아니다.

"거기에다가 공연 페이는 따로입니다."

"공연 페이?"

"네."

유료 공연을 하거나 기업의 후원을 받아서 그들로부터 돈을 받아 하는 경우 일정량의 돈이 단원들에게 간다.

"연말같이 행사가 많은 경우는 대략 500까지 받아 간다고 하더군요."

"부족할 것 같지는 않은데?"

아무리 노형진이 돈이 많다고 하지만 금전 감각까지 잃어버린 것은 아니다. 그 정도면 대기업에서도 받기 힘든 돈이다.

"그러니까요."

속이 답답한지 물을 벌컥벌컥 들이켜는 성유신.

일단 입을 열자 모든 것이 터져 나오기 시작한 것이다.

"그런데 강의를 해야 한답니다."

"강의요? 그거 불법 아닌가요?"

"불법?"

손채림의 말에 노형진은 고개를 갸웃했다.

아무리 노형진이라고 해도 모든 법을 다 알지는 못한다. 다만 대략적인 내용과 그걸 어떻게 적용하는지를 잘 알 뿐이다.

하지만 손채림은 음악을 배운 사람이고, 그러니 관련 법을 알고 있었던 것이다.

"응, 불법이야."

유지연도 고개를 끄덕거렸다.

"물론 대부분 음악가들은 박봉에 생활도 불가능한 경우가 많아서 모른 척해 주기는 하지만, 불법이기는 해."

"하지만 아무리 들어도 박봉은 아닌데?"

"그러니까."

노형진의 말에 유지연은 자신이 본 현실을 이야기해 주었다.

"박봉은 아니죠. 솔직히 어떤 면에서는 윤택해요. 공연이 아무리 없어도 한 달에 50은 더 받으니까요."

"그런데요?"

"그런데 문제는 욕심이 과하다는 거예요. 다른 오케스트라 같은 경우에는 지원도 없고 그러니 어쩔 수 없이 알바를 하면서 살아간다지만, 이 사람들은 그럴 이유가 없는데 알바를, 아니 강의를 하러 다니죠."

"네."

"왜요?"

"돈 때문에 그런 겁니다."

"돈 때문에?"

"네."

무궁화 오케스트라는 한국에서도 유명한 곳이다. 그렇다 보니 음대를 지망하는 수많은 지원자들이 그곳에 있는 사람들에게 따로 과외를 받고 싶어 한다는 것이다.

"그런데 그 과외가 필요 이상으로 심하다는 거죠."

"필요 이상으로요?"

"네."

사실 아예 업무가 끝난 시점에서 하는 과외까지 성유신이 막을 생각은 없었다. 그도 아예 융통성이 없는 사람은 아니기 때문이다.

"문제는 그들이 업무 시간에도 한다는 거죠."

"업무 시간에도?"

"네."

일반적으로 업무 시간이 여섯 시간이고 그 외의 시간에 과외를 한다면 한 명 정도, 잘해 봐야 두 명 정도 가능하다. 일반적으로 주 사흘, 그리고 1회 두 시간을 잡으니까.

"문제는 그렇게 하지 않는다는 겁니다."

심한 사람은 4시쯤 과외가 있다면서 가 버린다는 것이다.

그렇게 하면 최대 네 명, 주말까지 다 동원하면 다섯 명까지 과외를 할 수 있다.

"과외비가 얼만데요?"

"얼마나 했느냐에 따라서 다르지만 일반적으로는 한 달에 200, 오래 일한 사람이나 지명도가 있는 사람은 한 달에 300 정도 한다고 들었습니다."

"네에?"

당장 200만 원만 해도 한 달에 다섯 명이면 무려 1천만 원이다. 거기에다가 국가에서 지원하는 월급과 공연비까지 합하면 터무니없는 수익이 생기는 셈이다.

"그래서 제가 업무 시간 내에는 과외를 막으려고 했습니다만……."

"그게 부딪친 거군요."

"네."

당장 자기 수익이 떨어진다고 생각하자 그들이 들고일어난 것이다.

그리고 얼마 전에는 그게 극단적으로 터지는 사건이 생기기까지 했다.

"얼마 전에는 공연 중에 이탈까지 하더군요."

"공연 중에 이탈을 했다고요?"

"네. 큰 공연은 아니었습니다. 하지만 공연은 공연이었지요."

지원금을 받는 단체인 만큼 무조건 으리으리한 곳에서만 하는 것은 아니다. 일종의 자선 공연 개념으로, 일반적으로 클래식을 접하지 못하는 곳에 가서 공연하기도 한다.

"얼마 전에 어떤 고등학교에 공연하러 간 적이 있었습니다. 그런데 가다가 약간의 사고가 있어서 약간 늦었지요."

"그래서요?"

"학교에서는 어차피 일과 시간이었던지라 문제가 없었습니다만……."

문제는 다른 곳에서 터져 나왔다.

바이올리니스트 한 명과 첼리스트 한 명이 과외를 해야 한다며 공연을 펑크 내고 다시 올라가 버린 것이다.

"네?"

노형진은 기가 막혀서 말이 안 나왔다.

물론 자선 공연인 만큼 페이가 없으리라는 것은 이해가 간다. 하지만 최소한 공연이라는 점에서, 그들은 그곳에서 나와서는 안 되는 것이었다.

"원래는 공연이 끝나고 바로 올라갈 생각이었답니다. 하지만 버스가 펑크가 나는 바람에 한 시간 정도 늦었는데 그 때문에 공연 시간이 늦춰진 거죠. 그런데 과외에 늦으면 안 된다고 그냥 가 버리더군요."

"안 말리셨습니까?"

"안 말렸을 리가 있나요?"

당연히 성유신은 불같이 화를 냈다.

상식적으로, 그리고 음악인으로서도 도무지 용납이 안 되는 상황이었기 때문이다.

"그런데 답변이 가관이더군요."

"가관?"

"네."

"뭐라고 했는데요?"

"어차피 쥐뿔 아무것도 모르는 까막귀 고삐리들인데 자기 둘이 빠진 걸 알아차리겠냐는 겁니다."

"헐."

물론 고등학생들이 그걸 알기에는 무리가 있다. 첼로와 바이올린 연주자는 보통 여러 명이 있으니까.

약간 화음이 달라질 수는 있겠지만, 그걸 미세하게 느끼는 사람은 없을 것이다.

비교도 멀쩡한 음악을 알아야 가능한 건데 고등학생이 이런 클래식 공연을 볼 기회는 거의 없으니 당연히 비교 대상도 없고 말이다.

"제가 징계에 회부하겠다고 했는데……."

"그랬는데요?"

"그 후부터 절 집요하게 괴롭히더군요."

"징계는요?"

"흐지부지되었습니다. 상부에서는 그럴 수도 있지 뭘 그러느냐고 그러고."

"끄응……."

아무래도 조금씩 틀어지던 그들의 관계는 그 상황에서 완전히 틀어진 모양이었다.

"그래서 솔직히 유지연 씨 말고는 말하는 사람도 없습니다. 그나마 유지연 씨하고도, 다른 사람들 눈치가 보여서 남들 없는 곳에서만 말을 하고 있고요."

그 말에 노형진은 유지연을 바라보았다. 상황을 설명해 달라는 뜻이었다.

성유신의 입장에서의 말을 들었으니 단원들의 입장에서 그들과 함께 있는 그녀의 말이 중요했다. 상황은 다르게 받아들여질 수도 있는 것이니까.

하지만 현실은 시궁창이라고 하던가? 그녀가 말하는 것은 틀린 현실이었다.

"말도 하지 말고, 곡 연습도 대충 하고, 그의 명령에 따르지도 말고, 공연 중에 고의적으로 실책을 범하라고 했어요."

"왜요?"

"그래야 쫓겨난다고."

"쫓겨난다?"

"네."

지휘자의 임무는 말 그대로 모든 음악을 조율하고 하나의 화음을 만들어 내는 것이다.

한 명이 계속 실수하면 그것은 그의 무능력으로 인한 것이지만, 집단 자체가 자꾸 실수를 하면 그건 지휘자의 무능력으로 인한 것이다.

그러니 그 책임을 지는 것은 당연히 성유신이 되어 버린다.

"끄응……."

"어떻게 생각해?"

"골치 아프게 생겼네."

"왜?"

"전형적인 상황이야."

'전형적인 상황. 전형적인 복지부동.'

국가의 지원을 받는 곳이니 대충 하자는 생각이 팽배했을 것이다.

대충 해도 열심히 해도, 나오는 돈은 똑같으니까.

그런 상황에서 슬금슬금 자신의 이득을 위해 과외를 시작했을 테고 말이다.

"문제는 그걸 통제할 사람이 다름 아닌 지휘자라는 거지."

하지만 전 지휘자는 나이 먹은 사람이었다. 얼마 후면 정년 퇴직이니 크게 문제 일으키지 않고 적당히 하다가 그냥 퇴직금 받고 물러난 후 연금을 받으면서 살 생각만 했을 것이다.

"흔하게 벌어지는 상황이지."

퇴직이 다가오니 문제를 일으키는 것이 싫고 그러니까 문제를 모른 척하고, 그걸 안 하부는 점차 썩으면서 이권에 개입한다.

전임자는 그걸 방치하다가 물러나고, 신임이 오면 상황은 이미 개판.

"전임자한테 항의할 수는 없으니까."

"정확하게 아시네요?"

"흔하게 벌어지는 사건이니까요. 특히나 한국에서요."

미국에서는 전임자가 퇴임한다고 해도 그 전에 제대로 관리하지 않았다고 하면 그 책임을 묻는다.

하지만 한국은 그런 게 아니다.

그저 좋은 게 좋은 거라고 하면서 문제를 방치하다가 다른 사람들에게 떠넘기는 것이다.

"이러면 다음 사람은 둘 중 하나를 선택해야 합니다. 그들과 함께 부패할 것인가, 아니면 떠날 것인가. 고치는 건 쉬운 게 아니니까요."

대부분의 사람들은 전자를 선택해서 쉽게 쉽게 가려고 한다. 자기들도 이권이 욕심 나니까.

당장 성유신이 지휘자라는 타이틀을 내세워 과외를 하게 되면 단원들보다 훨씬 더 많은 돈을 벌 수 있다.

음악이 원래 돈이 많이 드는 과목이기는 하지만 그중에서도 지휘자는 특히 어마어마하게 돈이 들기 때문이다.

당장 한국에서 지휘자 코스를 밟는다는 것 자체가 집안이 큰 부자라는 증거다.

"네, 저도 압니다. 그래서 제가 독일까지 간 거고요."

독일은 재능만 있다면 된다.

그의 가족은 부자도 아니었고 그저 평범한 서민이었기 때문에 그의 재능을 키워 줄 수 없었다. 하지만 독일은 재능만 있으면 되니까 간 것이다.

"그런데 그냥 독일에 계시지, 왜 다시 돌아오신 겁니까?"

노형진은 혀를 끌끌 찼다.

물론 탓하는 게 아니다. 도리어 너무 이해가 돼서 그러는 것이다.

자신 역시 회귀 전에는 미국에서 변호사 생활을 하다가 마지막에는 결국 다시 한국으로 돌아오지 않았던가?

다만 그 결과가 죽음이었지만 말이다.

"후우……."

성유신은 깊게 한숨을 쉬면서 입을 다물었다.

생각했던 것보다 이 음악계가 많이 썩었다는 것을 몰랐다는 것이 큰 패착이었다.

"이 상황에서 말하면…… 솔직히 유리한 상황은 아닙니다. 저쪽이 한꺼번에 덤벼들면 못 이깁니다."

상명하복이 철두철미한 군대에서도 이런 일이 벌어지면

위에서는 지휘관을 징계하는 수밖에 없다. 그런데 사회에서라면, 당연히 사건을 수습하기 위해 위에서는 성유신을 자르는 선에서 모든 걸 해결하려고 할 것이다.

"차라리 제가 그만둘까 하는 생각이 듭니다."

"네?"

"지금도 독일에서 다시 오라고 합니다. 조건도 이곳보다 좋고, 한국의 이 썩어 빠진 문화에 넌더리가 납니다. 그냥 다시 독일로 갈까 하는 생각이 듭니다."

"저도 변호사로서 차라리 그게 더 좋은 생각이라고 보긴 합니다만……."

"만?"

"그냥 가시면 사실상 도망가는 겁니다."

"도망은 못 갈 것 같은데?"

옆에서 핸드폰으로 뭔가를 검색하던 손채림이 갑자기 얼굴을 찌푸리면서 끼어들었다.

"무슨 소리야?"

노형진은 고개를 갸웃했다.

수임료가 중요한 게 아니라 성유신의 인생이 중요한 것이다. 그런데 도망갈 수 없다니?

"아무리 실력이 좋아도 독일 같은 곳은 성범죄를 저지른 사람을 받아 주지는 않을 것 같은데?"

"무슨 말씀이십니까? 제가 무슨 성범죄라도 저질렀다는

말입니까?"

"아니요. 제가 봐서는 아닌 것 같기는 한데요, 세상은 그렇게 생각을 안 하게 생겼으니까 문제지요."

"세상?"

"그래."

손채림은 노형진에게 자신이 검색하던 스마트폰을 건넸다.

그걸 확인한 노형진은 얼굴을 찌푸렸다.

"뭐야? 강간? 추행? 성희롱?"

"네? 그게 무슨 말씀이십니까?"

깜짝 놀라는 성유신.

"성유신 씨 이름을 치니까 자동 완성으로 그런 단어가 뜨는군요."

"뭐라고요!"

어이가 없어서 벌떡 일어나는 성유신.

"전 절대로 그런 적 없습니다!"

"압니다, 알아요. 하지만 누군가 그렇게 만들고 있네요."

노형진은 얼굴을 찌푸렸다.

이래서는 다시 독일에 갈 수도 없다. 상황이 해결이 안 된 상태에서 독일이 성범죄 가능성이 있는 사람을 고용할 리 없기 때문이다.

"지휘자님이 그럴 리 없어요. 안 그래도 여직원이 많은 곳이라면서, 지휘자님이 얼마나 조심스럽게 행동하시는데요."

유지연도 당황해서 말했다.

그녀가 성유신을 오래 본 것은 아니지만 그는 언제나 깍듯이 예의를 지키는 사람이었다.

심지어 경비를 서는 경비원이나 청소하는 아주머니들에게도 먼저 고개를 숙여 인사할 만큼 바른 사람이었다.

그런데 그런 사람이 성희롱이라니?

"여직원이 많다고요?"

"네, 아무래도 음악을 하는 사람들 중에서 여자가 많다 보니까 오케스트라 단원 중 70%는 여성이지요."

"끄응……."

"왜 그래?"

"여자가 남자의 인생을 파멸시키려고 할 때 가장 강력한 무기가 뭐라고 생각해?"

손채림은 어이가 없다는 얼굴이 되었다.

"설마……?"

"흔하게 벌어지는 일이잖아?"

한국에서 성범죄에 대한 조사는 철저하게 가해자 위주로 이루어진다. 그러니 사회적으로 성범죄로 낙인찍는 가장 좋은 방법은 성범죄자라고 못을 박아 버리는 것이다.

"그건 꽃뱀이잖아요?"

유지연은 어이가 없다는 듯 말했다.

오랜 시간 독일에 있다가 온 그녀는 그런 행동이 이해가 가지 않는 모양이었다.

"꽃뱀이기는 하지요. 하지만 실제로 여성들은 그게 범죄라는 인식을 하지 않는 경우가 많습니다."

그냥 자기 이득을 위해 하는 가벼운 거짓말 정도로 생각하는 사람들이 많다. 제대로 무고죄에 대한 교육을 받은 적이 없기 때문이다.

그래서 그 거짓말이 가지고 올 후폭풍은 전혀 생각도 못 하는 것이다.

"아무래도 이거, 의뢰를 맡기실 수밖에 없겠는데요?"

이걸 해결하지 못하면 성유신은 어디에도 가지 못한다.

사회에서 매장당하든가 저쪽을 매장하든가, 둘 중 하나를 선택해야 하는 것이다.

"이런……."

성유신은 분노에 차서 얼굴이 시뻘겋게 변했다. 설마 이런 짓까지 할 거라고는 생각도 못 했던 것이다.

"알겠습니다……."

결국 성유신은 고개를 끄덕거렸고, 노형진은 그렇게 하극상 사건을 담당하게 되었다.

꼼수에는 꼼수로

"그나저나 이건 누군가 손쓴 것 같은데?"

"무슨 말이야?"

"자동 완성이라는 게, 일부가 검색을 한다고 해서 다 만들어지는 건 아니거든."

"그런가?"

"그래."

한 사람이 죽어라 뭔가를 계속 검색한다고 연관 검색어 기능으로 인터넷에서 추천 단어가 뜨는 것은 아니다.

그런데 지금은 인터넷에서 성유신이라는 이름으로 검색하면 자동으로 연관 검색어가 뜨는 상황.

"더군다나 대부분 부정적인 단어로 되어 있잖아."

성추행, 강간 등, 누가 봐도 이 사람은 문제가 있나 보다 하는 식으로 연결된다.

"그런데 이상한 건 단어 간의 연관성이야."

"단어 간의 연관성?"

"그래."

사람이 문제를 일으키고 그 소문이 인터넷에 돌면 당연히 관련된 검색어가 만들어진다. 그리고 그 단어 간의 연관 검색이라는 게 있다.

"그런데 봐 봐. 일단, 추행과 강간은 성범죄라는 점에서 연관 검색어가 떠도 이상할 게 없어. 그런데 횡령과 사기까지 뜨잖아."

"응? 그게 다른 거야?"

"다르지."

횡령과 사기는 비슷하다고들 생각하지만 전혀 다른 범죄이다. 더군다나 그런 행동을 하는 사람이 성범죄를 같이 저지르는 것은 무척이나 드문 일이다.

오래 그 자리에 있는 권력자라면 모를까, 온 지도 얼마 안 된 지휘자가 이런 범죄를 저지른다? 말도 안 되는 소리다.

"그리고 다른 연관 검색어도 다 별로 관련이 없는 전혀 엉뚱한 내용들이고 말이야."

"그래서?"

"한 사람이 이런 짧은 시간 내에 이 정도 범죄를 저지르는 것은 불가능해."

그런 사람이라면 어떤 식으로든 처벌을 받을 수밖에 없는 것이 현실이다.

"이게 의미하는 건 한 가지뿐이지. 누군가 조작하고 있다는 것."

"조작?"

"그래. 그리고 이건 단순히 몇 명이 붙어서 조작한다고 되는 게 아니야."

인터넷의 자동 완성 기능은 그만큼 많은 사람들이 달라붙어서 몇 번이나 검색하고 또 체계화되어야만 완성된다. 단순히 몇십 번으로 완성되는 게 아니라, 몇천 몇만 번이 필요하다.

"이건 인력으로 하는 데에는 한계가 있는 거지."

"그런가?"

"그래."

가령 어떤 사람이 자기 이름과 연예인의 이름을 연관 검색어로 띄우고 싶어 한다고 치자.

그래서 그 사람이 인터넷에 죽어라 스물네 시간 자기 이름과 연예인 이름을 검색한다고 해도, 그게 연관 검색어로 뜨지는 않는다.

"그런데 지금 온갖 죄목들이 연관 검색어로 뜨고 있다고."

그렇게 되면 시간은 더 걸리는 셈이다.

가령 성유신의 연관 검색어가 추행과 강간이라면 거기 들어가는 시간은 추행 한 가지만일 때의 두 배다. 그리고 횡령이라면 세 배가 든다.

"그런데 지금 연관 검색어가 무려 열 개가 넘어. 그것도 무척이나 나쁜 이미지로."

"그러네."

"과연 일반적으로 가능할까?"

가능할 리 없다.

"그러면 사람을 썼다는 거야?"

"그래."

"그게 가능해? 아니, 이걸 연관 검색어로 뜨게 할 정도면 한두 명 고용해서 될 게 아닌 것 같은데?"

"사람이라면 그렇지."

"사람?"

"응, 하지만 인터넷 광고 업체는 많거든."

"인터넷 광고 업체?"

"그래. 컴퓨터로 초당 몇천 몇만 번이나 검색해 버리는 거야."

사람들은 광고라고 하면 아직은 그냥 맛있다는 평을 올리거나 연예인이 나오는 것만 생각한다.

하지만 실제로 광고의 기법은 엄청나게 많아서, 블로그에 광고를 올리는 건 흔한 방법이다.

"그중 하나가 바로 연관 검색어를 엮어 버리는 거야."

"그런 게 가능해?"

"그래. 가령 가끔 어떤 연예인이 어디서 뭘 먹었다고 뜨지? 그런데 그 연예인이 거기에서밖에 먹지 않았을까?"

아니다. 연예인도 사람이고 매끼를 먹어야 하는데 그와 관련된 음식점이 매일 나올 수는 없는 노릇이다.

그런데 가끔은 연관 검색어로 뜨는 경우가 있다.

"그건 광고를 하는 거야."

그 연예인과 연관 검색어로 묶어 두면 그 연예인 이름을 찾을 때마다 그 이름이 뜬다.

그러니까 그 연예인이 인기를 끄는 동안에는 자기들도 자연스럽게 광고가 되는 셈이다.

"헐."

"그런 식으로 해 주는 곳은 많아."

"그래?"

"그래. 문제는, 이런 광고는 확실하게 허위 사실 유포와 명예훼손이라는 거지."

그렇다는 것은 이런 걸 컴퓨터로 검색해 주는 기업이 있다는 소리다.

"그리고 그 기업은 무척이나 비양심적인 곳이라는 거고."

조금만 생각하면 이런 식의 행동이 명예훼손과 모욕 그리고 허위 사실 유포에 걸린다는 걸 안다. 그런데 그런 걸 알면서도 한다?

'미친 거지.'

사업을 하는, 그것도 광고업을 하는 사람이 그런 것에 대해 모를 리 없다. 결과적으로, 알면서도 비양심적으로 하는 곳이 있다는 것.

"일단 그놈들을 찾아야지."

"여자들은? 고발이 들어올 거 아냐?"

노형진은 피식 웃었다.

"고발은 안 들어와. 그러니까 웃긴 거지."

"응?"

"애초에 진짜 성추행과 강간 같은 사건이 있었다면 이미 고발이 들어왔어야 했어. 보통은 그게 외부에 드러나면서 연관 검색어로 뜨니까. 하지만 지금은 그런 일도 없는데 연관 검색어로 떴어. 그건 누군가 그렇게 이미지를 뒤집어씌우고 싶어 한다는 거지, 고발하고 싶다는 것은 아니야."

진짜로 고발하게 되면 무고죄에 걸려서 처벌받을 가능성이 있다.

물론 한국이 기본적으로 여성에 대해 보호하는 구조를 가지고 있고 성범죄를 여성의 말에 맞춰 수사한다고 하지만, 아무리 그래도 증거는 필요하다.

특히나 강간 같은 경우는 시간과 장소가 중요한데 그걸 제대로 진술하지 못하면 도리어 무고죄로 역습당하게 된다.

"그러니 상대방의 목적은 성유신의 이미지를 시궁창에 처박아 버리는 것일 거야."

하지만 자신이 무고죄에 걸리고 싶지는 않을 테니 진짜 고발하지는 않을 테고.

"진짜 강간으로 고발할 생각이었다면 이미 할 시점은 지났어."

"생각해 보니 그러네."

"누군지 모르지만…… 머리 좀 열심히 썼네."

누군지 모르지만 얄팍하게 머리를 쓴 것이 드러난다.

이렇게 하면 경찰이 수사할 이유가 없기 때문에 실제로 수사가 이루어지지는 않을 거라 생각한 것이다.

"하지만 법을 얄팍하게 아는 것보다 더 위험한 건 없지."

노형진은 그들이 왜 그렇게 하는 건지 누구보다 잘 알고 있기 때문에 그들의 머리 꼭대기 위에서 놀아 볼 생각이었다.

⚖️

노형진이 가장 먼저 한 것은 인터넷 회사인 본사를 찾아간 것이다.

노형진이 찾아가자 그를 맞이한 것은 그 회사의 법무 팀이었다.

'호락호락하게 넘어오지는 않겠다 이건가?'

노형진은 웃으면서 그들을 바라보았다.

하긴, 인터넷 업체들이 여러 가지 압력을 받을 건 당연하니 그에 대항하기 위해 법무 팀 같은 것도 운영하고 있을 건 뻔했다.

어떻게 보면 노형진 역시 그러한 압력 중 하나이고 말이다.

"그러니까 우리 부탁은 간단합니다. 해당 인터넷 작업을 했다는 증거를 주시기 바랍니다."

"애석하지만 그것은 불가능합니다."

"어째서요?"

"그건 업무상 기밀이기 때문입니다."

'기밀 같은 소리 하고 자빠졌네.'

저들이 그들의 주소와 아이피를 주지 않는 것은 다 이유가 있다. 바로 돈 때문이다.

엄밀하게 따져서 규정에 따르면 여론을 조작하기 위해 컴퓨터로 조작하는 행위는 불법이며, 또한 계정 압류 및 아이피 차단의 사유다.

그러나 대부분의 경우 진짜로 진행되지는 않는다.

이유는 단 하나. 그들이 회사에 적지 않은 돈을 주고 무마시키기 때문이다.

'내가 모를 줄 아나?'

실제로 광고 회사에 넘겨져서 광고판으로 쓰이는 블로그를 폐쇄하는 규정이 있지만, 인터넷에서 찾아보면 생각보다 많이 있다. 따라서 조금만 노력하면 그들을 찾는 건 어려운 게 아니다.

그럼에도 불구하고 그들은 폐쇄되지 않는다. 광고 회사에서 돈을 주면서 무마하니까.

'그리고 그 돈을 포기할 수는 없겠지.'

그걸 알기 때문에 노형진은 그들의 기밀이라는 말이 믿기지 않았다.

"이번 사건은 개인에 대한 조직적인 범죄입니다. 고발하기 위해서는 자료가 필요합니다."

"영장 받아 오십시오. 우리는 못 드립니다."

"영장을 받아 올 상황이 아니라는 것은 아시잖습니까?"

"그건 그쪽 사정이지요."

인터넷 회사의 법무 팀장이라는 인간은 피식하고 웃었다.

변호사보다 잘났다는 우월감. 그런 게 있는 모양이었다.

하긴, 작은 회사도 아니니 도리어 어쭙잖은 변호사들보다 나을 것이기는 하다.

하지만 노형진으로서는 어이가 없을 뿐이었다.

'지랄하고 자빠졌네.'

노형진은 그런 그의 생각을 알기 때문에 속으로 비웃었다.

'영장이 나오지 않을 걸 아니까.'

영장이 나오기 위해서는 실물이 필요하다.

가령 성유신에 대한 모욕과 명예훼손을 고소 고발하기 위해서는 검색어가 아니라 그와 관련해서 언급하면서 쓴 진짜 글이 필요하다.

그러나 노형진에게는 그런 게 없다. 상대방은 글을 올린

게 아니라 검색어를 조작한 것이니까.

그리고 그런 것은 경찰에 신고한다고 해도, 정확한 실체가 없기 때문에 경찰에서 수사해 주지 않는다.

'그러니 영장이 나올 리 없지.'

그리고 저들은 그걸 아니까 절대로 도와줄 생각이 없는 것이다.

"우리는 자료 못 드리니까 알아서 하세요."

법무 팀은 딱 못을 박아 버렸다.

"알겠습니다."

노형진은 그렇게 말하고 순순히 그곳을 나왔다.

그러자 옆에서 손채림은 어리둥절할 수밖에 없었다.

"아니, 이럴 거면 왜 온 거야?"

"그냥 의견을 전달하러."

"의견 전달?"

"그래."

어차피 저들이 자료를 주지 않을 것은 당연한 사실이다.

"그들의 입장에서는 당연히 자료를 줄 리 없지. 그걸 주면 적지 않은 손해를 보게 되는데. 그리고 법적으로 저쪽이 영장 없이 주는 건 의무 사항도 아니고."

애초에 저쪽에서 거부할 것은 알고 있었다. 다만 법적으로 그 기록을 남겨야 하기 때문에 온 것이다.

그래서 순순히 물러난 것이고 말이다.

"하지만 그곳이 어딘지 모르면 우리가 어떻게 할 수가 없잖아?"

"그렇지는 않아."

"그렇지는 않다고?"

"그래. 인간은 원래 멍청하거든."

"멍청해?"

"응."

인간은 보고 싶은 것만 보고 믿고 싶은 것만 믿는다는 것을 노형진은 아주 잘 알고 있다.

그리고 이런 경우, 대부분의 사람들이 어떤 반응을 보이는지도 잘 알고 있었다.

"우리는 저들에게 법적인 자료를 요구할 능력은 없지만 말이야, 그걸 믿는 사람들에게는 이야기가 달라지지."

"어쩌려는 거야?"

"헛소리를 믿는 사람들을 노려야지."

"헛소리를 믿는 사람들?"

"그래."

인터넷에 관련 검색어가 뜨기 시작해도, 그냥 검색어로 끝나는 경우도 있다.

물론 그건 문제가 안 된다. 실체가 없는 것은 효과도 없으니까.

"아무리 검색어가 자동 완성이 된다고 해도 그것만으로는

순식간에 사라져. 그렇지만 이렇게 허위 사실이 유포되고 있
다는 것은, 누가 허위 사실을 퍼트렸다는 거지."

"흠, 우리는 못 찾았잖아?"

그게 문제다. 실체가 있으면 고소할 수 있지만 실체가 없
기 때문에 고소할 수가 없는 것이다.

"이미 지웠을 거야. 꼼수에 능한 자들이니까 인터넷에 퍼
지기 시작한 걸 확인하고 그 후에 자기 원본 글을 지웠겠지.
그러니까 우리가 그 글을 찾지 못한 것일 테고."

"그러면 어떻게 찾아? 못 찾는 거 아냐?"

"그걸 지웠다고 해도 그걸 퍼 나른 사람들이 있기 마련이
고, 그 헛소문을 믿고 그걸 더욱 확대해서 재생산했을 거야.
그게 인터넷의 힘이고. 그걸 노리고 이런 짓을 하는 거지."

인터넷 헛소문의 악순환이다.

하나의 글을 보고 세 사람이 그걸 퍼트리면 서로가 서로에
대해 확신을 주기 시작하고, 그렇게 되면 좀 더 공격적으로
말하기 시작한다.

그리고 그건 다른 사람들에게 확신을 주고, 그 악순환에
참가하는 사람은 많아진다.

"그렇게 쉽다고?"

"쉬워. 그렇게 하는 종류의 사람들 있잖아?"

"아!"

손채림은 바로 알아들었다.

자신이 여자이고 또 네티즌이기 때문에 무슨 뜻인지 안 것이다.

"악플러들 말이지?"

"그래."

인터넷 악플러들은 여러 종류가 있다.

가장 많은 것이 댓글을 다는 녀석들이다. 그리고 그다음에 많은 것이 자신의 블로그나 넛트월드 등에 마구 소설을 써서 올리는 사람들이다.

"그런 사람들의 공통점은, 진짜 사실에는 절대 관심이 없다는 거야."

진짜로 뭔가에 대해 이야기하고 싶다면 그 관련된 사건에 대해 알아보고 그것에 대해 조목조목 반박하거나 자신의 의견을 표현한다.

"하지만 그런 타입은 그런 사람들이 아니지."

그들은 인터넷에서 욕이 나오거나 하면 그를 욕하는 것이 공인된 것이라 생각해서 없는 말까지 마구 지어내면서 욕을 만들어 낸다.

"그런 녀석들을 잡을 거야."

"이런, 이런. 성유신 씨는 치킨 좀 뜯겠네."

"응?"

"네가 그랬잖아, 이런 걸 '치킨 뜯는다.'라고 표현한다고."

"아, 그랬던가?"

아직은 유행하지 않지만 이런 네티즌의 명예훼손이나 허위 사실 유포를 고소해서 손해배상을 받아 내는 것을 치킨을 뜯는다고 표현하곤 했는데 그걸 자신도 모르게 쓴 모양이었다.

"그래, 치킨 좀 뜯겠지. 그리고 아마 그 돈으로 치킨을 사 먹으면 닭 학살자로 이름을 날릴걸."

노형진은 피식 웃으면서 말했다.

"끝내주네."

무려 이백아흔여덟 명. 자신들이 인터넷을 뒤지면서 골라 낸 사람들의 숫자다.

"멍청하군요."

이번 사건에서 노형진을 도와주기로 한 손예은 변호사는 자료를 보면서 차갑게 중얼거렸다.

하긴, 그녀의 입장에서는 충분히 멍청하다고 느낄 만할 것이다.

"아직은 명예훼손이나 모욕에 대한 관념이 제대로 안 잡혀 있으니까요."

지금까지 세상은 목소리가 크면 이긴다는 생각이 지배하고 있었다.

그러나 연예인들이 그러한 명예훼손이나 허위 사실 유포,

모욕에 적극적으로 대응하게 되면서 사람들은 그러한 법에 대해 좀 더 잘 알게 된다.

'뭐, 아직은 적극적으로 대응을 하지 않으니까.'

슬슬 대응하기 시작하는 분위기이기는 하지만 말이다.

"아무리 그래도 그렇지, 이렇게 생각이 없는 말을 할 줄이야."

그렇게 골라낸 사람들은 단순히 댓글만 단 게 아니라 자신의 블로그나 홈페이지를 통해서 적극적으로 소문을 만들어낸 사람들이다.

인터넷에는 그저 연관 검색어로 추행이나 강간이니 뜨지만 이들은 그걸 가지고 자기 스스로 소설을 만들어 내기도 했다.

"이거 은퇴해도 되겠는데요?"

그걸 보면서 성유신은 어이가 없다는 듯 말했다.

소장을 작성해야 하니 와 달라고 해서 왔는데, 이렇게 많을 거라고는 생각도 못 했던 것이다.

"네티즌들의 수준이 낮아서 그렇습니다."

우리나라에서는 정당한 의견 표명이나 의구심을 표현하는 것을 막지는 않는다.

하지만 이들은 대놓고 성유신이 연쇄 강간범이라는 표현을 썼다. 이건 빼도 박도 못하는 범죄다.

"아마 몇 번 더 오셔야 할 겁니다."

"더 와야 된다고요?"

"아직 검색 중이거든요. 이건 일부에 지나지 않습니다."

"설마요!"

"설마가 아니라는 게 문제지요."

노형진은 씁쓸하게 말했다.

"이게 인터넷의 무서운 점입니다. 제대로 막지 않으면 무서울 정도로 퍼져요. 제가 담당했던 분 중에는 만 단위도 있었습니다."

"만…… 단위요?"

"네."

물론 회귀 전에 있었던 일이다.

그러나 그 터무니없는 숫자에 노형진조차도 질려 버릴 정도였다.

"연예인이었지요."

진짜로 그 만 명이 넘는 인간들이 악착같이 연예인 하나를 죽이려고 달려들었던 것이다.

결국 참다못한 그가 고발에 나서자 인터넷에서는 피바람이 불었다.

그런데 나중에 알려진 이유는 터무니없었다.

그 피해자가 공격당한 이유가 어떤 남자 연예인과 열애설이 터져서였던 것이다. 그리고 공격의 주체는 그 남자 연예인의 팬클럽이었고 말이다.

'그런데 정작 서로 알지도 못하는 사이였지.'

같은 소속사도 아니고, 특정 프로그램을 같이 진행하는 사이도 아니었다. 그냥 연예부 기자가 기삿거리 없으니까 가상으로 만든 사건이었을 뿐이다.

　'그땐 진짜……'

　연예인이라는 특성상 차마 다 민사까지 가지 못하고 사건을 주동한 몇몇만 처벌하고 끝났지만, 만일 그녀가 독하게 마음먹었다면 팬클럽 자체가 범죄자 집단이 될 뻔한 사건이었다.

　"사람들은 인터넷의 정보를 너무 맹신하는 성향이 있어요. 특히 나이가 어린 사람일수록 그렇지요."

　"그렇습니까?"

　"네."

　지금은 이 정도이지만 더 찾아보면 계속해서 더 나올 것이 분명하다. 이 사건이 언론을 타기 전까지는 무조건 나온다.

　'그리고 그들은 자신이 무슨 구국의 영웅이라고 생각하지.'

　그들은 자신들이 부정한 것에 대해 당당하게 말하는 일종의 선구자라고 생각한다. 그래서 점점 더 과격한 단어를 쓰고 점점 더 공격적으로 말한다.

　인터넷에서는 그런 사람들에게 용기가 있다고 말하면서 추앙하고 말이다.

　'그리고 현실은 시궁창.'

　그러나 그런 행동은 결국 독으로 돌아온다.

진짜로 경찰에 처벌받을 때, 추앙하던 사람들은 절대 도와주지 않으니까.

"일단은 형사처벌을 할 겁니다. 그 후에 다시 민사는 뭐······ 가든 말든, 원하는 대로 하시면 됩니다."

"합의는요?"

"애석하게도 합의는 안 됩니다."

"그래요?"

"네."

돈이 목적이 아니다.

이 고발이 들어가면 그들과 그들이 봤다는 글에 대해 수사하게 된다. 그러다 보면 자연스럽게 인터넷에 자료를 요청하게 된다.

'그리고 우리는 열람할 수 있지, 후후후.'

방법은 많았다. 다만 방법을 모를 뿐.

"그러면 일단 도장부터 찍어야겠네요. 소장에 다 도장 찍어야 하거든요."

성유신은 수백 장에 달하는 고소장을 암울한 얼굴로 바라보았다.

⚖

"아이고, 한 번만 봐주세요."

"다시는 안 그러겠습니다."

새론에 울려 퍼지는 애원들.

한꺼번에 결과가 나오기 시작하자 그들이 합의하기 위해 여기까지 온 것이다.

그러나 그들을 상대하는 손예은 변호사는 차갑기 이루 말할 수 없었다.

"합의는 없습니다. 형사사건 종료 후 민사로 갈 예정이니 집에서 소장을 기다리십시오."

"변호사님! 한 번만 봐주세요!"

"안 됩니다. 현 시간부로 퇴거 통지를 드립니다. 만일 10분 이내에 퇴거하지 않으면 경찰을 불러서 불법 침입으로 고발하도록 하겠습니다."

사색이 되는 사람들.

때마침 사무실 안으로 들어오던 손채림은 안타깝다는 얼굴이 되었다.

"불쌍하기는 하다."

"자초한 거야."

"그런가?"

"그래."

저기서 봐 달라고 하는 사람들은 결국 자기 스스로 만든 함정에 빠진 것이다.

노형진이 손예은을 전면에 나서게 만든 것은, 그녀가 단호하게 거절할 줄 알았기 때문이다.

물론 그가 나서도 되기는 하지만 그는 해야 하는 일이 너무나 많았다.

"제대로 말한 거라면 저들이 저렇게 당하지도 않지."

저들은 사실을 말하거나 의구심을 표현한 게 아니다. 단순히 검색어만 보고 사람을 천하의 개쌍놈으로 만들어 버렸다.

"그리고 우리에게는 저들을 봐줄 권한이 없어."

"하긴……."

의뢰를 받아들였지만 합의에 관한 권한은 받지 않았다. 성유신이 글을 보다가 너무 어이가 없어서 합의 없이 가기로 한 것이다.

물론 민사는 그 후의 문제지만.

"그러니까 그건 우리가 신경 쓸 게 아니지."

용서는 변호사나 검사나 판사의 권한이 아니라 피해자의 권한이다.

성유신은 형사처분에 대해서는 용서할 생각이 없으니, 자신들은 그 의견을 따르면 된다.

"기록은 받아 왔어?"

"여기."

수사는 진행되었고, 경찰은 고소된 사람들의 기록을 토대도 원래 말이 나온 곳을 찾을 수 있었다.

"어디 보자."

노형진은 그 기록에 있는 대로 인터넷 홈페이지에 가 봤지만 보이는 것은 그냥 광고성 블로그뿐이었다.

"역시나 이미 지웠네."

"거참…… 바보 아닌가? 이렇게 광고성 블로그에 올라오는 사람들의 말을 믿다니."

"그런 게 사람이야."

"그나저나 이미 원본은 지워졌잖아?"

관련된 증거는 없는 것이나 마찬가지다. 최초 사이트를 찾기는 했지만, 거기에 관련 증거가 올라와 있는 것은 아니다.

"그렇다고 해도 상관없어."

"왜?"

"홈페이지에는 없지만 이미 아이피는 확보되었거든."

노형진은 받아 온 서류를 흔들면서 말했다.

아이피는 일종의 전자 주소다. 그리고 그걸 알면 진짜 주소를 찾을 수 있다.

"이번 사건의 진짜 주범이 누군지 한번 찾아보자고."

그가 누군지 모르지만, 아마도 쉽게 벗어나지는 못할 것이다.

⚖️

경찰에서 해당 자료를 올린 사이트와 지속적으로 작업한 아이피를 찾는 것은 어려운 일이 아니었다. 영장이 없어도 법적으로 구설수에 휘말리기 싫어서 주기 때문이다.

그리고 그렇게 찾은 아이피를 열람한 노형진이 그 장소가 어디인지 알아내는 것도 어려운 게 아니었다.

"각오는 하고 하신 거죠?"

노형진이 찾아가서 말하자 사장은 당혹해서 말을 못 했다.

설마 진짜로 찾아낼 수 있을 거라 생각하지는 못했던 것이다.

'법을 제대로 알아야지.'

직접적으로 안 된다면 돌려서 해결하는 방법은 넘친다. 그걸 모른다면 당하는 수밖에 없는 것이다.

그리고 그에 대해 노형진은 너무나 잘 알고 있었다.

"증인도 넘치고 증거도 넘칩니다. 기업 차원에서 허위 사실을 유포했으니 이건 단순히 벌금으로 끝나지 않을 겁니다. 실형이 나올 겁니다. 사장님은 당연히 실형일 테고, 이사 같은 사람들한테도 나올 테고…… 어디 보자, 사장님의 명령에 따라서 일한 사람들은 벌금이 나올 테지만 그 사람들에게 위법한 명령을 내린 사장님한테 손해배상을 해 달라고 할지도 모르겠네요."

그 말을 들은 대표의 얼굴은 사색이 되었다.

"과연 대표한테 속아서 전과자가 된 직원들이 무슨 말을 할까요?"

노형진은 말하면서 슬쩍 고개를 돌려서 바깥에 있는 사람들을 바라보았다.

졸지에 전과자가 될 운명인 것조차 모른 채 일하는 사람들.

"전과자가 되었으니 다른 곳에 취업도 힘들 테고."

그들이 민사까지 걸면 사장은 말 그대로 빈털터리가 되어 버린다.

사장이 감옥에 갔는데 기업이 제대로 굴러갈 리 없으니 당연히 망할 테고, 사업이 망하면 거기 들어간 돈은 모조리 털리는 셈이다.

"뭐, 각오는 하고 시작한 거라 믿고 있겠습니다."

노형진은 슬쩍 말을 흘리면서 자리에서 일어났다.

아니나 다를까, 사장은 그런 노형진을 붙잡았다.

"잠시만요, 잠깐만요. 저희가 원해서 그런 게 아닙니다."

"원해서 그런 게 아니라니요. 말이나 됩니까? 명백하게 현행법을 위반한 건데. 그것도 한 기업이 나서서 말입니다. 그런데 어떻게 원해서 그런 게 아닙니까?"

"저희도 의뢰를 받은 거라니까요. 진짜입니다."

"말이 되는 소리를 하세요. 어떤 사람들이 이런 미친 의뢰를 합니까?"

"그게……."

"뭐, 말 안 하신다면야……."

이미 약점은 잡혀 있고, 침묵을 지켜서 불리한 것은 그들이다. 노형진으로서는 다급한 거 하나도 없다.

성유신이 그만둔다고 해도 은퇴 자금은 충분히 될 만큼 배상을 받을 수 있으니 말이다.

"알겠습니다, 알겠어요……. 사실은 개인이 아닙니다."

"어디 보자, 대략 세 명에서 네 명 정도 되는 여성들이었을 테고, 나이는 대략 20대 후반에서 40대 초반일 테고 말이죠. 계산은 현금으로 했을 테고요."

"헉!"

노형진의 말에 사장의 눈이 크게 떠졌다. 마치 다 알고 있는 것처럼 정확하게 짚었기 때문이다.

"어떻게……."

경악하는 사장을 보고 노형진은 피식 웃었다.

'당연한 거 아닌가?'

거기서 일하는 사람들은 대부분 그 나이대이다. 그리고 성희롱 관련 조작을 하는데 남자가 올 가능성은 없다.

또한 이러한 사건을 조작하는 돈을 개인이 낼 리 없고, 당연히 돈을 모아서 했을 것이다. 그러니까 현금으로 낼 건 뻔하고.

이런 게 자랑할 만한 일은 아니니 많아 봐야 세 명 정도 왔을 것이다.

이건 사이코메트리로 읽을 필요조차 없는 추론의 영역이다.

'장난을 좀 쳐 볼까?'

아직 정신을 차리지 못하는 그를 확실하게 잡기 위해 노형진은 일어나서 그의 등 뒤로 다가갔다.

이것이 법이다

잔뜩 주눅 든 그는 도망갈 생각도 못 했고, 노형진은 쉽게 그의 어깨에 손을 올릴 수 있었다.

"그래도 너무 많이 받은 거 아닙니까?"

"네?"

"1천만 원이나 받다니요. 뭐, 불법적인 일이다 보니 위험수당이 붙은 건 이해합니다. 흠, 다시 생각해 보니 위험수당 치고는 너무 적네요."

"컥."

"그래도 4천은 불렀어야지요. 감방까지 가셔야 하는 건데."

"아……."

정확하게 금액까지 맞히자 정신이 혼미해지는 듯 비틀거리는 사장.

다 알고 온 상황에서 무슨 말을 더 한단 말인가?

"저희는 일이 이렇게 커질 줄 몰랐습니다. 죄송합니다."

'걸릴 줄 몰랐던 거겠지.'

몰랐을 리 없다.

다른 것도 아니고 광고업을 하는 사람이, 그런 조작이 어떤 효과를 불러올지 모를 수는 없다.

"관련 계약서랑, 다 가지고 오실 거죠?"

고개를 끄덕거리는 사장.

"다음 재판에서 증언해 줄 거라 믿어 의심치 않겠습니다."

노형진의 요구가 늘어났으나 그가 할 수 있는 것은 고개를 끄덕거리는 것뿐이었다.

⚖

"결국 예상대로네."

노형진은 이번 사건에 끼어든 사람들의 사진을 보면서 조용히 팔짱을 끼었다.

"1년에 1억이 넘는 돈이 걸렸으니 그럴 수밖에."

노형진은 사장에게 그를 찾아간 사람들의 사진을 고르게 했다. 단원들의 사진이야 인터넷에서 찾는 게 어려운 건 아니었고 말이다.

아니나 다를까, 이번 일을 저지르기 위해 찾아간 사람들은 소위 고참 단원이라고 하는 여성 세 명이었다.

"더군다나 저들은 얼마 후면 은퇴해야 하는 사람들이야."

아무리 실력이 좋다고 해도, 그리고 정규직이라고 해도 한계란 있다.

"실력이 떨어지면 당연히 도태되는 거지. 그런데 지난 몇 년간 쉬운 곡만 하면서 강습만 다녔으니 실력이 얼마나 되겠어?"

당연히 테스트를 본격적으로 하게 되면 실력이 드러날 테고, 부족한 능력은 충분히 해직 사유가 된다.

"뭐, 전에는 뇌물로 어떻게 버틸 수도 있었을지 모르지만……."

한 해에 못해도 1억씩 버는데 뇌물을 못 주겠는가? 하지만 성유신의 성격상 그 뇌물을 받을 리 없다.

"그러니 저들 입장에서는 더욱 다급한 거지."

성유신을 자르지 못하면 자신이 나가야 하는데, 무궁화 오케스트라라는 타이틀을 빼앗기면 강사료는 바닥으로 떨어질 것이다.

"그러면 이제 끝이야?"

"끝은 아니지. 그냥 무기 하나만 확보한 것뿐이야."

조작을 행했던 사장의 증언과 증거들은 확실하게 못을 박을 수는 있지만, 그렇다고 해서 상황을 반전시킬 수는 없다.

"일단 증거가 있으니 인터넷에서 연관 검색어는 사라졌을 테지만, 가장 큰 문제는 여전히 남아 있어."

"어떤 거?"

"저들이 돈을 위해 과외를 하고 다니는 거. 그게 이번 사건의 가장 큰 원인이야."

"아……."

물론 이 사실을 공개하면 사건을 직접적으로 조작하라고 한 세 명은 확실하게 자를 수 있다. 그러나 그러고 나면 남은 자들이 오히려 더 격렬하게 저항할 것이 뻔했다.

"그 전에 먼저 그들이 저항할 수 있는 방법을 막아 놔야지."

"하지만 무슨 수로 그들을 고발해? 안 될걸. 너도 알잖아."

"그렇겠지."

성유신이 고발해 보지 않은 것도 아니다. 하지만 그렇게 과외를 뛰는 단원에게서 뇌물을 받은 윗선이 그냥 스리슬쩍 넘어가 버렸기 때문에 의미가 없었다.

"이번에도 고발해 봐야 스리슬쩍 넘어갈 거야."

"그렇지."

그 길을 막아 버리면 자기한테 들어오던 뇌물도 끊기는데 어느 누가 좋다고 하겠는가? 당연히 모른 척할 것이다.

"그러니까 우리는 다른 사람을 고발할 거야."

"다른 사람?"

"그래, 이이제이라는 말이 있지."

"이이제이? 이 사건에서 이이제이가 가능해?"

"충분히 가능하지."

이이제이는 오랑캐로 오랑캐를 물리친다는 뜻이다. 즉, 적의 적을 이용한다는 뜻인데, 노형진은 이번 사건에서 적당한 적을 알고 있었다.

"그리고 그들은 이 이야기를 들으면 아주아주 좋아할걸. 후후후."

그 후에 부는 피바람은 매우 볼만한 것이 될 것임을 노형진은 알고 있었다.

적의 적을 이용하라

　노형진은 증거가 나온 후에 바로 움직이지 않았다. 대신에 다른 사람들을 동원해서 외부에 과외를 하러 다니는 단원들을 추적하게 만들었다.

　"빵빵하네."

　아니나 다를까, 그렇게 과외를 받는 아이들의 부모는 무척이나 빵빵한 집안의 아이들이었다. 그러니 단원들도 그 두둑한 과외비 때문에 포기할 수가 없는 것이다.

　"부모님들을 고발하실 생각인가요?"

　손예은 변호사는 노형진이 부모에 대해 조사한 기록을 보고 있자 물었다. 그리고 속으로 살짝 놀랐다. 자신은 생각하지 못한 방법이기 때문이다.

'하긴, 법은 양쪽 다 불법이니까.'

단원이 강의를 하는 것은 불법이다. 그렇다는 것은, 당연히 강의를 받는 쪽도 불법을 저지르고 있다는 말이다.

그리고 그러한 학생들은 당연히 윗선의 보호 대상이 아니다. 내부적 고발이야 묻어 버릴 수 있겠지만 이건 그게 아니니까.

그런데 노형진의 대답은 의외였다.

"반은 틀리고 반은 맞습니다."

"반은 틀리고 반은 맞다니요?"

"부모들을 고발할 계획은 있습니다. 하지만 제가 직접 할 생각은 아닙니다."

"뭐라고요?"

"아, 기록을 보셔서 알겠지만, 저들은 하나같이 상당한 힘을 가진 집안입니다. 우리가 고발해 봐야 제대로 처벌받을 리가 없지요."

그냥 슬쩍 벌금 얼마 내고 끝날 게 뻔하고, 차라리 그렇게 벌금을 내고 강의를 받는 것이 그들에게는 유리하다. 그렇게 나오는 벌금은 그들의 입장에서는 몇 푼 안 되니까.

"그러니 고치지는 못할 겁니다."

"그러면 왜 그들의 정보에 대해 캐낸 거죠? 정보 부서가 시간이 넘치는 게 아닌데요."

"그렇지요. 하지만 그래서 제가 정보 부서에 부탁한 겁니다."

"부탁?"

"네, 우리나라에서는 음악이라는 것은 상당한 집안에, 재력이 있는 사람들이 하는 성향이 강합니다."

한국에서 예체능 계열은 지원이 거의 전무하다시피 하다. 그렇기 때문에 아무리 재능이 있어도 집안에 돈이 없으면 그 재능을 키울 방법이 거의 없다.

"그런데 이들은 불법적인 과외까지 받았습니다. 그것도 월 300만 원짜리를요."

"그렇지요."

"그러니 얼마나 빵빵한 집안이겠습니까? 아마 우리가 고발해도 흐지부지될 가능성이 높습니다."

손예은 변호사는 고개를 끄덕거렸다. 자신이 봐도 그럴 가능성이 높기 때문이다.

당장 기록에 따르면 그 과외를 한 사람들의 부모는 고위공직자, 고위 경찰, 검찰, 판사, 아니면 대기업 이사 등등, 전화 한 통이면 어지간한 문제는 다 해결할 수 있는 집안의 사람들이다.

"그러니 우리가 고발하지는 않을 겁니다."

"아까 고발한다고 하지 않으셨나요?"

"정확하게는 절반이 맞다고 했지요."

"절반이 맞다?"

"네. 우리가 직접 고발하지는 않을 겁니다. 대신 고발해 줄, 그리고 그들을 감시해 줄 다른 집단에 이 자료를 넘길 겁니다."

"그들이 누군가요?"

"누구긴 누구겠습니까? 다른 학부모들이지."

"네?"

손예은은 어이가 없다는 표정이 될 수밖에 없었다.

"그게 말이나 됩니까!"

손채림은 음악에 대해 좀 안다. 그리고 그 점은 그녀에게 유리하게 작용했다.

그녀는 독일에서의 경험을 공유한다는 핑계로 음악을 하는, 그것도 클래식 음악을 하는 아이들을 대상으로 무료 강연회를 열었다. 당연히 수많은 학부모들이 거기에 참가해서 강의를 들었고 말이다.

그리고 어느 순간, 학부모들은 분노하기 시작했다.

"네?"

손채림은 모른 척 그들을 바라보았다.

"왜요? 문제가 되는 게 있나요?"

"당연히 문제지요! 그거 불법이에요!"

"죄송합니다. 제가 독일에서 음악 공부를 하고 와서 관련

법에 대해서는 잘 몰라서요. 하지만 선배님들 말씀으로는, 이게 적지 않은 돈이 된다고 하던데요?"

아이들의 미래에 대해 이야기하는 와중에 손채림이 아무것도 모르는 척 슬쩍 과외 이야기를 흘렸더니 그걸 들은 학부모들이 격렬하게 반응하기 시작한 것이다.

"그거 확실한 겁니까? 진짜로 무궁화 오케스트라 단원들이 월 300만 원이나 받으면서 과외를 해요?"

"네. 저도 그래서, 아이들이 그런 분들에게 배우면 좋겠다고 생각한 건데요. 제가 독일에서 공부를 했다고 하지만, 그래도 유명 오케스트라 단원이 더 실력이 있지 않겠어요?"

손채림은 모른 척 말하고 있었지만 듣고 있던 학부모들은 분노했다.

"말도 안 돼요!"

"이건 조사해야 합니다!"

그걸 보면서 속으로 실실 웃는 손채림.

'그렇지, 호호호. 잘한다.'

사실 저 안의 일부는 진짜 학부모가 아니라 노형진이 심어둔 일종의 바람잡이다. 그리고 그들은 학부모들이 뭘 두려워하는지 잘 알고 있었다.

"아니, 그건 비리 아닙니까? 애초에 강의를 못 하게 되어 있는 건 둘째 치고, 거기에서 일하는 사람들 대부분은 대학에 인맥을 가지고 있는 사람들이잖아요! 그 사람들이 애들

입학시험 볼 때 교수나 심사관한테 로비하지 말라는 법이 어디 있어요!"

"아!"

"맞네! 그럴 수도 있네."

바람잡이의 말에 다들 분노하기 시작했고, 그때부터는 바람잡이가 나설 필요도 없이 자기들끼리 이야기하면서 분통을 터트렸다.

"그러고 보니 이상했어요."

"뭐가요?"

"지난번에 우리 애가 콩쿠르에 나갔는데 3등을 했지 뭐예요? 완벽하게 연주했는데 3등이라니, 말이나 되느냐고요."

물론 그녀 입장에서나 완벽하다고 느꼈지, 다른 사람은 다르게 느낄 수도 있다.

그러나 의심이 시작되자 끝이 없이 확대되기 시작했다.

"혹시 그 애들, 다 불법 과외 받는 거 아니에요?"

"설마요!"

사람들도 처음에는 의심했다.

"혹시 그 대회가 화이트 스타 대회 아니었어요?"

"어? 알아요?"

"알죠. 1등이랑 2등이 우리 선배가 담당하는 애였는데……."

"뭐라고요?"

얼굴이 확 일그러지는 학부모들.

그럴 수밖에 없는 게, 실기의 평가 기준은 참 애매한 것이기 때문이다. 그래서 이름 있는 학교에서 신입생을 뽑을 때 실기만큼이나 중요하게 생각하는 것이 바로 콩쿠르에서의 입상 경험이었다.

"그러고 보니 그때 심사도 무궁화 오케스트라에서 누가 와서 하지 않았나?"

누군가의 말.

그리고 그건 쐐기를 박는 말이었다.

"그러면 콩쿠르에 무슨 문제가 있었다는 뜻?"

"그럴 수도 있죠. 이미 내정자가 있었다거나."

다들 분노가 하늘을 찔렀다.

그들은 벌떡 일어났다.

"그냥 둘 수는 없겠어요!"

"맞아요! 이건 말도 안 되는 비리야!"

음악계는 시장이 좁다. 그래서 어려서 두각을 보이지 못하면 말 그대로 인생 낭비하는 꼴이 될 가능성이 높다.

그걸 알기 때문에 음악을 가르치는 부모들은 이런 점에 무척이나 예민하다.

더군다나 고슴도치도 자기 새끼는 예쁘다고 했다.

자신이 봤을 때는 자신의 자식은 완벽하게 연주했는데 다른 놈이 이기면 그걸 믿고 싶지 않은 심리도 생기기 마련이다.

"이건 고발해야 합니다!"

"이건 수사 대상이에요!"

격분하는 사람들.

그들을 보면서 손채림은 속으로 미소를 지었다.

그들이 우르르 몰려간 후 노형진은 손채림에게 다가가 물었다.

"어때?"

"게거품을 제대로 물었어. 다들 불이익을 볼까 봐 난리야."

"그렇지? 거봐, 내가 뭐라고 그랬어?"

자신이 고발하면, 힘이 있는 자들이 묻어 버리면 그만이다.

하지만 이제 고발하는 것은 자신이 아니라 저 학부모들이 될 것이다. 그리고 여기서 음악을 가르치고 있다는 점에서 봤을 때, 그들도 무시 못 할 집안일 것이다.

"아마도 몰랐거나 돈이 없어서 불법 과외를 못 해 주는 학생들의 부모들이겠지."

그들의 입장에서는 자식이 불이익을 당하는 것을 두려워할 수밖에 없다. 그리고 지금은 누가 봐도 자식이 불이익을 당한다고 생각할 수밖에 없는 상황.

당연히 엄청난 교육열을 가지고 있는 부모들, 그것도 힘을 가진 부모들이 가만히 있지 않을 것이다.

"그리고 상황은 달라질 거야."

이제 방어해야 하는 입장은 이쪽이 아니라 저쪽이 될 것이다.

"이게 뭐야?"

엄청나게 고발이 들어오기 시작하자 단원들은 대번에 당황했다.

학부모들이 노리는 것은 정작 그 아이들을 고용한 학부모가 아니었다. 어차피 비슷한 수준인 것을 알고 있고, 자신들이 압박해 봐야 그들은 이겨 낼 힘이 있다는 것도 아니까.

그러나 단원은 아니었다.

"이것들아! 무슨 짓을 하고 다닌 거야!"

날마다 날아오는 엄청난 양의 수사 협조 요청서를 보자니 단장은 기가 차서 말이 안 나왔다.

"그게…… 말이죠……."

단원들은 어떻게 해서든 변명하려고 했지만 뭐라 할 말이 없었다. 당장 날아온 고발서를 부정할 수는 없었기 때문이다.

"이게 이렇게까지 올 건 아닌데……."

"아닌데? 이게 지금 '아닌데.'라고 할 사건이야?"

지금 날아온 수사 협조 서류는 전체 단원 중 60%를 대상으로 하니 단장으로서는 기가 막힐 수밖에 없다.

그들이 이렇게 수사를 받으면 국가로부터의 지원이 중단되어도 할 말이 없게 되는 것이다.

'그렇게 되면…….'

국가에서 지원을 받는 것과 받지 못하는 것은 천지 차이다.

물론 무궁화 오케스트라가 아주 유명한 오케스트라인 것은 맞다. 하지만 그렇다고 해서 그에 준하는 오케스트라가 없는 것도 아니다.

더군다나 단원의 60%가 전과자? 이건 분명히 문제가 된다. 세상의 어떤 기업이 단원의 60%가 전과자인 공연 팀을 지원하겠으며 어떤 단체에서 그런 공연 팀을 초청하겠는가?

'재수 없으면 내 목도 날아간단 말이야.'

물론 그들이 알음알음 몰래 과외를 하는 것은 알고 있었다. 그 와중에 짭짤하게 뇌물을 주기도 해서 모른 척한 것도 맞다.

하지만 일이 이렇게 커지면 자신이 실드를 치고 싶어도 칠 수가 없다.

"그냥 아는 분들의 부탁으로 몇 명 가르친 것뿐인데……."

"부탁으로? 몇 명? 이것들아! 장난해?"

이건 부탁으로 해결할 수 있는 수준이 아니다.

벌써 경찰은 조사에 착수해 단원들에 대한 계좌 추적을 시작했다. 단순히 불법적인 교습의 문제일 뿐만 아니라 탈세까지 엮여 있는 상황이라 세무서에서도 눈에 불을 켜고 달려들고 있는 상황.

물론 강의를 부탁했던 사람들이 막아 보려고 노력하고 있지만, 막는 사람보다 수사를 빨리 진행하라고 압력을 넣는 사람들이 더 많은 상황이니 경찰로서는 사건을 그냥 둘 수 없는 노릇.

"그러니까 조심하라고 하지 않았습니까?"

이처럼 뒤숭숭한 가운데 성유신이 등장하자 다들 그에게 표독스러운 시선을 보냈다.

'이런, 이런.'

성유신은 씁쓸한 미소를 지었다.

그럴 수밖에 없는 것이, 이 상황에서조차 자신을 적대하는 것이 보였기 때문이다.

'내가 신고했다고 생각하는 건가?'

그럴 수도 있다.

하지만 이미 관련은 없다. 자신이 신고한 것이든 아니든 경찰이 이제 와 수사를 멈출 리도 없고, 자신이 해명한다고 해서 저들이 자신과 친하게 지내려고 할 리도 없다.

—어차피 이제는 따로 가야 하는 인생입니다. 당신 인생을 찾으세요.

여기 오기 전 노형진이 해 준 말.

그 말 때문에 그는 용기를 냈다. 노형진의 말이 맞기 때문이다.

저들이 자신을 적대한다면 자신도 저들을 적대하면 그만

이다.

그동안은 저들이 다수이고 더 오래 있었기 때문에 자신이
불리했지만 이제는 아니다.

"이번 사태를 벗어나기 위해선……."

"당신이 할 말이 아닐 텐데?"

"뭐라고요?"

"당신이 할 말이 아니라고 했습니다. 제대로 일도 못하면
서 사태 운운해요? 어이가 없군요."

거칠게 항의하는 한 여자.

그녀를 보면서 성유신은 씁쓸하게 웃었다. 상황이 이 지경
이 되었는데도 오로지 자신에 대한 적대감만을 보이고 있는
것이다.

"글쎄요. 전 이 상황을 벗어나고 싶은 것뿐인데요?"

"이 상황을 벗어나자니, 어떻게 말인가?"

"당연히 단원을 다시 모집해야지요."

"뭐라고?"

"징계위원회가 소집될 겁니다. 사유가 있는 사람들에 대
해서는 징계가 결정될 텐데, 그러면 솔직히 남는 사람이 얼
마나 되겠습니까?"

"당신이 뭔데 징계 운운하는 거야!"

"이거 굴러 온 돌이 박힌 돌 빼 버린다더니, 뭐라고 지껄
이는 거야!"

자신들을 쳐 낸다는 사실에 발끈해서 덤비는 그들.

원래 법적으로도 내부적으로도, 지휘자는 오케스트라 단원보다 더 상급자다. 즉, 직속상관이라는 소리이다.

그런데 수적인 우세를 믿고 덤비는 것이다.

하지만 이미 정의는 이쪽으로 넘어온 상황이었다.

"그래요? 그러면 이번 사태에 대해 설명해 보시죠."

"아무래도 먹고살려고 하다 보니……."

"어떤 사람이 먹고살 걱정 때문에 불법으로 1억씩 벌어 대는 겁니까? 그것도 업무상의 시간까지 째 가면서."

"그게……."

정곡을 찌르자 아무 말도 하지 못하는 사람들.

그러나 그들의 표독스러운 얼굴은 사라지지 않았다. 여전히 수적인 우세를 믿고 있는 것이다.

'하지만 그건 이제 끝이다.'

수적인 우세로 저들이 일하지 않으려고 한다면 자신에게도 나름의 방법이 있다.

"저, 내일 기자들이랑 기자회견 할 겁니다."

"뭐라고?"

"저 자르려면 자르세요. 하지만 저들이 어떻게 업무를 방해하고 태업했으며 위에서 어떻게 그걸 방치했는지 기자회견을 하고, 다시 독일로 돌아가겠습니다."

"헉!"

눈이 격하게 떨리는 단장이었다.

그렇게 되면 자신의 자리는 날아가는 게 기정사실이다. 아니, 현행법상으로 보면 그동안 받은 지원금까지 모조리 토해내야 하는데, 그 책임은 자신이 져야 한다. 그걸 받아 간 단원들이 줄 리 없으니까.

"그게 무슨 소리인가?"

"모르셨나 보죠? 절 모욕하기 위해 인터넷 업체까지 동원해서 허위 사실을 퍼트린 거."

"뭐라고?"

"그와 관련해서도 수사가 진행 중입니다. 저한테 강간범이니 추행범이니, 어이가 없는 죄목을 죄다 뒤집어씌우셨더군요. 그것도 1천만 원이나 주면서."

"그……"

단원들의 눈빛이 격하게 흔들리기 시작했다.

단원들의 입장에서는 설마 걸릴 거라 생각하지 않았던 것이다.

'하지만 걸렸지.'

그리고 이제 이번 사건의 마지막 쐐기를 박을 순간이 다가왔다.

"여기서 선을 정하세요."

그는 단원들을 보면서 말했다.

"내일 전 기자회견을 할 겁니다. 여러분이 했던 모든 행동

들, 그 과정에 뇌물이 왔다 갔다 했던 것과 증거를 조작하려
고 했던 것까지, 모두 까발리고 독일로 출국하겠습니다. 전
더 이상 하고 싶지 않군요."

"잠깐만요…… 지휘자님……."

아차 싶었던지 단원들은 다급하게 매달렸다.

여태까지 거침없이 해 대던 반말도 갑자기 존댓말로 바뀌
었다.

"전 더 이상 하고 싶은 말이 없네요."

성유신은 그들을 버리고 그곳을 나왔고, 그들은 따라오지
도 못한 채로 그저 서로를 바라볼 뿐이었다.

바깥에서는 노형진이 기다리고 있었다.

"잘 이야기하셨습니까?"

"네. 그런데 진짜로 기자회견 할 겁니까?"

"설마요. 할 리가 있겠습니까? 독일에는 안 가신다면서요?"

노형진은 피식 웃으면서 말했다.

"네. 전 한국의 클래식 발전을 위해 온 겁니다. 방법이 없
다면 모를까, 방법이 있다면 가고 싶지 않습니다."

"알겠습니다."

"그런데 이렇게 한다고 과연 방법이 생길까요?"

"그럼요."

"어떻게요?"

"지금쯤이면 유지연 씨가 안에서 작업 중일 겁니다."

"작업요?"

"네, 후후후."

유지연은 성유신이 간 후에 다른 단원들을 설득하기 시작했다.

물론 대상은 사고를 친 단원이 아니라, 들어온 지 얼마 안 되는 단원들이었다.

"이대로 그냥 있으면 여기 망해. 그러면 어디로 갈 거야?"

"그렇기는 하지만……."

"언니, 언니도 여기 망하면 갈 데 있어?"

"하아."

"그리고 여기 망하면 다른 데서 받아 줄 것 같아?"

"……."

만일 기자회견까지 하게 되면 그건 엄청나게 큰일이 된다.

안 그래도 음악을 전공한 사람들이 갈 수 있는 직장에는 한계가 있다. 음악계가 그다지 크지 않기 때문이다.

"이러나저러나 우리는 여기 소속이었다는 타이틀이 붙어 있는 신세야. 어디서 우리를 써 주겠어?"

"으윽……."

신입 단원들은 억울한 얼굴이 되었다.

자신들은 과외는커녕 바깥에서 공연 한번 한 적 없다. 그런데 자신들이 그 책임을 져야 한다고 생각하니 억울한 마음이 드는 것이다.

"내가 그나마 지휘자님하고 친하니까, 언니들이 도와주면 내가 설득해 볼게."

"어떻게?"

"잘 이야기해 봐야지. 일단 기자회견 하면 우리 직장은 날아간다고. 생각해 봐, 그 배고픈 시절로 다시 돌아갈 거야?"

다들 몸을 부르르 떨었다.

무명 시절, 어려운 시절에는 알바로 진짜 하루하루 살아가면서 음악에 대한 꿈을 버리지 못했다. 그렇게 해서 여기까지 왔는데 다시 그 시절로 굴러떨어질 수는 없다.

"되든 안 되든, 해 봐야 할 거 아냐."

"후우……."

그들은 결국 유지연의 말에 넘어가고 말았다.

누구나 자신의 이권을 위해 싸우는 건 당연한 것이다.

더군다나 자신은 아무런 이득도 없는 상황에서 타인의 범죄 때문에 실직하게 생겼다면 화가 나지 않을 리 없다.

"우리가 편들어 주면 기자회견을 안 할지도 몰라. 그러면 직장은 지킬 수 있을 거야."

고개를 끄덕거리는 사람들.

그렇게 한 무리의 사람들이 세력을 나눠서 바깥으로 나오기 시작했다.

　단장은 눈앞에 있는 사람들을 보고 당황했다.

　어떻게 해서든 성유신을 설득해 보겠다고 왔는데 거기에 단원들이 있었던 것이다. 그것도 입사한 지 3년이 안 된 신입들만.

　"너희들, 여기는 어떻게 온 거야?"

　"저희는 성유신 지휘자님의 말씀이 맞다고 생각해서 온 거예요."

　"뭐라고?"

　"지금 상황이 정상은 아니잖아요. 그래서 성유신 지휘자님이랑 함께 행동하기로 했어요."

　유지연은 천연덕스럽게 말했다.

　물론 반은 맞고 반은 틀리다. 일단 유지연이 설득하는 형태로 기자회견은 하지 않기로 했지만, 그건 어디까지나 기밀이다.

　'큰일 났다.'

　단장은 정신이 아득해졌다.

　당장 기자회견을 하면 오케스트라가 날아가게 생겼는데 거기에 다른 단원들까지 붙어 버리면 빼도 박도 못하게 되기 때문이다.

"야야…… 너희들까지 왜 그래?"

"고쳐야 하는 걸 안 고친 건 단장님이시잖아요."

"그거야……."

지난 몇 년간 너무 방만한 경영을 한 것은 사실이다. 그리고 약간의 뇌물에 정신이 혹 간 것도 사실이다.

그렇지만 상황이 이렇게 되니 정신이 번쩍 든 단장.

"이 상황에서 저희가 할 수 있는 건 저희 살길을 찾는 거죠."

"그러면 우리는 망해!"

"그게 우리 잘못은 아니잖아요. 솔직히, 안 그래요?"

단장은 할 말이 없었다.

가만히 지켜보고 있던 노형진이 그들 사이에 슬쩍 끼었다.

"말씀은 그만하시죠. 더 이상 의미가 있겠습니까?"

"당신은……?"

"노형진이라고 합니다. 이번 사건을 맡은 변호사입니다."

단장은 등골이 오싹했다. 설마 변호사까지 사면서 준비했을 거라고는 생각도 못 했던 것이다.

'이 녀석, 진심이다.'

등골을 타고 흐르는 진땀.

"이미 기자회견 준비는 끝났습니다. 기자회견 시간은 내일 저녁 8시구요."

"잠깐만요. 그러면 우리는 망합니다."

"자초하신 겁니다."

노형진은 애원하는 단장을 모른 척했다.

"우리만 망하는 게 아니에요. 거기에 있는 단원 전부가 다……."

"단원들이 절 어떻게 대했는지 모르시는 건 아닐 텐데요?"

성유신이 던진 한마디에, 단장은 순간 할 말이 없었다.

내부적으로 왕따가 이루어지는 것을 몰랐을 리 없다. 그런데 모른 척한 것은 자신이었다.

"그런 상황에서 저를 모욕하기 위해 증거까지 조작하고 허위 사실까지 유포한 건 단원들입니다. 그들을 제가 왜 챙겨야 하지요?"

"그거야 그렇지만……."

단장은 땀을 뻘뻘 흘렸다.

이 상황을 어떻게 해결할지, 도무지 길이 보이지 않았다.

"저도 이러고 싶지는 않습니다. 하지만 저쪽에서 절 죽이려고 하는데 제가 그냥 죽어 줄 수는 없잖습니까."

"뭐라고?"

"그쪽이 절 죽이려고 하니, 얌전히 죽어 줄 수는 없다고요."

순간 단장의 머릿속에 한 가지 방법이 스쳐 지나갔다.

그들이 먼저 죽이려고 했고 성유신은 반격하는 것뿐이라면, 반대로 그들이 죽으면 어쩌면 성유신이 고발을 하지 않을지도 모른다는 가능성.

"그러면 내 그들을 쳐 내도록 하겠네. 그러니 기자회견은 좀 참아 주게."

"어떻게요?"

"방법이야 없겠는가? 자네 말마따나 징계위원회에 회부하면 이건 빼도 박도 못하는 죄목들인데."

1년에 무려 1억이나 되는 돈을 벌어들였다. 그것도 업무 시간까지 빼 가면서 말이다.

나중에 그들이 억울하다고 소송을 할지도 모르지만, 법적으로는 자신들이 징계해도 아무런 말도 못 할 상황이다.

"그게 무슨 의미가 있지요?"

"의미가 있지. 자네가 원하는 대로 사람을 뽑을 기회를 주겠네."

"원하는 대로?"

"그래."

단장은 오로지 하나의 목적만을 바라고 있다. 바로 자신의 목을 지키는 것.

이게 외부로 드러나면 자신의 목을 지키는 게 불가능해진다. 하지만 수사 중인 상황에서 미리 쳐 낼 수 있다면, 어쩌면 자신의 목은 지킬 수 있을지도 모른다.

'헐······.'

성유신은 혀를 내둘렀다. 노형진이 했던 말 그대로 흘러가고 있기 때문이다.

노형진은 그에게 '그들은 선발권을 가지고 협상하려고 할 겁니다. 그때 적당히 받아들이세요.'라고 말했던 것이다.

"음……."

못 이기는 척 성유신이 고민하는 표정을 짓자 단장은 마음이 다급해졌다.

"자네한테 백지위임한다니까? 자네가 원하는 대로 다 뽑게나."

결국 노형진이 원하는 카드를 들고 나오자 노형진은 속으로 씩 웃을 수 있었다.

⚖️

"결국 다 해직당했나요?"

"네."

얼마 후 성유신과 유지연이 노형진을 찾아왔다.

그들은 전과 다르게 얼굴에 미소가 가득했다. 그럴 만했다. 문제를 일으키던 단원들이 모조리 해직된 것이다.

"생각보다 징계가 일찍 끝났군요."

"변호사님이 알려 주신 방법이 주효했습니다. 여기는 오케스트라니까요."

노형진은 성유신에게 일단 징계위원회가 열리면 랜덤하게 곡을 연주시키라고 했다. 그것도 무척이나 난이도가 높은 것으로.

"평소에 제대로 연습했다면 어렵지 않게 했을 겁니다. 하치만 과외 한다고 제대로 연습을 안 했으니 실력이야 뻔하지요."

실력이 없다는 게 드러나자 그들은 억울하다는 것 말고는 할 말이 없었다.

노형진은 그 말에 피식 웃었다.

"일종의 심리 전술입니다."

"심리 전술?"

"네. 자신이 수세에 몰리도록 하는 거죠."

그들이 완벽하게 공연했다면 문제가 되지 않았을 것이다.

하지만 그들은 제대로 공연할 실력이 되지 않았으니 당연히 실력에 대한 지적을 받았을 것이다.

"오케스트라는 실력이 우선입니다. 그런데 일단 그 실력이 부정당하면, 그다음부터는 뭐라고 해 봐야 결국 그것이 끝까지 걸림돌이 될 수밖에 없지요. 그리고 심사하는 사람들도 당연히 부정적인 심리를 가지고 대하게 되고요."

만일 그냥 진행했다면 그런 것 없이 종이로만 판단했을 것이다.

하지만 오케스트라에 있을 실력이 아니라는 것을 이성이 아니라 감성으로 판단하고 나자 자연스럽게 이성도 그를 쳐내려고 한 것이다.

"결국 한 명도 못 살아남았습니다."

안 그래도 형사소송까지 당하면서 분위기가 안 좋은 상황에서 실력마저도 턱없이 부족한 것이 드러나자 징계는 가차 없었다.

　"복직 소송을 하는 사람도 있겠군요."

　"네, 이미 일부는 시작했다고 하더군요."

　노형진은 피식 웃었다.

　누구나 소송하면 복직할 수 있을 거라 생각한다. 하지만 그건 어디까지나 부당하게 해고되었을 때의 이야기다.

　"걱정하지 마세요. 이런 상황에서는 복직은 불가능합니다."

　현장은 모조리 녹화되었다.

　실력도 부족한 데다가 부정까지 저지른 그들을 복직시킬 만큼 세상이 만만하지는 않다.

　더군다나 유지연을 비롯해서 그들을 배신한 신입들이 돈을 강제로 모아서 증거를 조작했다는 증언까지 한 덕분에, 그들은 복직은커녕 음악계에 돌아오지도 못하게 될 것이다.

　"솔직히 그들한테 왕따당했을 때는 저항할 방법도 찾지 못했는데요."

　한 명도 아니고 조직적으로 덤벼 오니 개인인 성유신으로서는 저항을 포기할 수밖에 없었다. 더군다나 상부조차도 그런 그를 도와주지 않는 상황이었으니 말이다.

　물론 노형진의 생각은 좀 달랐다.

　"그건 어디까지나 그쪽이 올바를 때의 이야기지요. 한 가지를 잊어버리신 겁니다."

"어떤 거죠?"

"저쪽이 떼거리로 덤빈다는 것은 이쪽이 더 유리하다는 뜻입니다."

"제가 더 유리했다고요?"

"네. 개인 대 개인으로 이길 수 없으니까 떼거리로 덤빈 겁니다. 즉, 이쪽이 갑이라는 거죠."

"아!"

전혀 새로운 생각이었기 때문에 성유신은 탄성을 질렀다.

"물론 이쪽이 약점을 잡힐 만큼 개판으로 했다면 문제가 되었을 겁니다. 하지만 이번은 반대였죠."

그들이 자신들의 이권을 지키기 위해 무리했고, 그것이 곧 그들의 약점이 되었다.

"결국은 자초한 겁니다."

"그렇겠지요."

해직을 당하자 그들은 자신의 행동을 후회했지만 이미 늦은 후였다.

고발 때문에 그동안 하던 강사 자리는 다 날아갔고, 월급도 당연히 들어오지 않았다.

몇 명은 다급하게 강사 자리를 알아보고 있지만 구설수에 오른 사람을 쓸 학부모는 그다지 많지 않았다.

더군다나 공식적으로 그들의 퇴출 사유는 실력 부족이다.

음악계는 좁기 때문에 그 관련 소문이 다 나서, 실력이 부족한 그들을 강사로 쓸 사람은 많지 않았다.

"감사합니다."

성유신은 인사하면서 제법 두툼한 봉투를 건넸다.

"헉, 이런 건 주시면 곤란합니다."

"네?"

"아니, 의뢰비는 이미 받았는데 따로 주시면 내부 규칙 위반이라서요."

"아…… 돈 아닙니다."

"네?"

노형진은 그걸 받아서 슬쩍 안을 살펴보고는 쑥스러운 듯 웃었다.

"이거…… 티켓이네요?"

"네. 정기 공연이 잡혔어요. 그래서, 새로 구성하고 첫 공연이니 한번 와 주십사 해서요."

"하하하."

노형진은 웃으면서도 머릿속으로는 어떻게 가서 잠들지 않을 수 있을지 열심히 고민하기 시작했다.

돈이 많으면 파리가 꼬이는 법이지

-2조가 넘었습니다.

"헐."

노형진은 자신의 자산을 관리하는 관리사의 말에 자신도
모르게 탄성을 질렀다.

인터넷으로 연결된 관리자는 침착하지만 긴장된 어조로
계속 말을 이어 갔다.

-현재 노형진 님의 재산은 정확하게 2조 3,457억 4,500만 원입
니다. 그중 현금 자산은 1,200억입니다. 투자자산은 뺀 수치입니다.
이하는 초 단위로 바뀌기 때문에 생략합니다. 이 금액은 한국 시간

오후 3시를 기준으로 작성된 것입니다.

마지막으로 말을 마친 관리사 로버트는 읽고 있던 보고서
를 내리면서 침을 꿀꺽 삼켰다.

'실수한 건 없겠지?'

노형진이 아무리 똑똑하다고 해도 돈을 관리하는 데에는
한계가 있다. 그래서 둔 것이 바로 관리사다.

일반적인 사항은 그들이 관리하고, 주요 투자처는 노형진
이 알려 주는 것이다.

물론 이는 철저하게 기밀로 부쳐진다.

미다스의 손이라 불리는 노형진이 직접 투자했다고 해도
다른 사람이 투자하면 노형진이 가지고 가는 수익률도 낮아
지기 때문이다.

노형진은 화면 너머에서 긴장하고 있는 로버트 웰슨을 보
면서 씩 웃었다.

"로버트, 내 재산이 그것밖에 안 되나요? 이거 실망이군요."

─네? 아. 그게…… 저희는 최대한 관리했는데…….

노형진의 말에 잔뜩 긴장하는 로버트.

노형진은 피식 웃으면서 손을 흔들었다.

"장난입니다, 장난."

-하하하하…….

웃지만 웃는 게 아닌 로버트.

'이거 원…… 살 떨려서.'

노형진은 그의 회사에서는 엄청난 큰손이다. 노형진이 거
래를 끊으면 자신들의 관리 금액이 10% 이하로 떨어질 만큼
말이다.

처음에 작은 자산 관리사인 자신들에게 맡긴다고 했을 때
사장은 장난인 줄 알았고, 나중에는 너무 좋아서 눈물까지
흘렸다.

그런데 관리 조건 중에 이상한 점이, 바로 로버트 웰슨을
전담으로 붙여 달라는 것이었다.

'아직은 소심하지만 뭐, 조금만 더 기다리면 자기 실력이
나오겠지.'

노형진이 그들에게 관리직을 맡긴 것은 다 이유가 있다.

로버트 웰슨이 있는 '카우보이 자산 관리'는 미국계 회사
로, 가장 빠르게 치고 올라간 투자 기업이다.

그중에서 로버트가 특출났는데, 본인은 아직 모르지만 분
석력이 무척이나 뛰어나서 위험 요소를 알아내는 데 엄청난
재능이 있다.

재산을 늘리는 것도 그의 능력이지만 재산이 줄어드는 걸
막는 것도 그의 능력인 것이다.

늘리는 거야 노형진이 미래의 투자가치가 있는 성공 사례를 알고 있으니 얼마든 늘릴 수 있다고 하지만 가랑비에 옷 젖는다고, 투자회사에서 일반적으로 투자하는 곳에서 계속 잃으면 손실이 커진다.

"그나저나 생각보다 자신이 많지 않군요."

─대부분의 자산을 금으로 투자하셔서 그렇습니다.

"아."

노형진은 한 방에 엄청난 돈을 벌 수 있는 방법을 알고 있다. 그것은 다름 아닌 금.

'얼마 안 남았군.'

노형진은 금값이 얼마 후 대폭등한다는 것을 알고 있다.

한국 기준으로 한 돈에 10만 원 정도이던 금이 얼마 후면 급등해서 무려 26만 원까지 뛴다. 노형진은 그걸 알기 때문에 막대한 자산을 금으로 만들어서 가지고 있는 상황.

더군다나 개인적으로 한국에서 금을 산 것도 아니다.

정식으로 수입 업체를 열어서 금이 싼 해외에서 수입한 후 관세를 제대로 내고 쌓아 둔 상황이기 때문에 노형진이 한 돈을 기준으로 들인 돈은 대략 8만 원 선.

그러니 얼마 후면 최소 세 배의 수익이 나는 것이다.

"로버트, 이제 금에 대한 투자는 그만하세요."

─네?

"금에 대한 투자는 그만하시고, 이제부터 남은 자산은 비트코인에 투자하세요."

─비트코인이라니요? 그 전자화폐 말씀이십니까?

아직 널리 알려지지 않았지만 이 시기쯤에 비트코인이 등장했다. 그 가치가 터무니없이 낮긴 하지만 말이다. 그런데 거기에 투자하라니?
"네."

─하지만…….

비트코인은 현물이 존재하지 않는 가상의 화폐다. 당연히 지금은 대부분의 사람들이 관심이 없다.

─지금 잘해 봐야 그건 한화로 5만 원 선입니다만? 대량 구매하면 더 낮아질 수도 있습니다. 위험도가 너무 큰데요.

"그러니까 투자하라는 겁니다. 하이 리스크 하이 리턴이라고 하지 않습니까? 아니, 그냥 슈퍼컴퓨터를 사서 채굴하는 게 빠르겠군요."

―슈…… 슈퍼컴퓨터 말입니까?

"네."

―하지만 너무 비싼데요? 최소 수백억은 할 겁니다.

"새것으로 사라는 게 아닙니다. 한국 기상청에서 전에 쓰던 슈퍼컴퓨터를 판매 중입니다. 아마 5천 정도면 살 겁니다."

―네?

기가 막힌 얼굴이 되는 로버트. 설마 그렇게 싸게 판매할 거라고는 생각도 못 했던 것이다.
"성능이 애매해서요."
확실히 슈퍼컴퓨터이기는 하지만 노후화된 기종이다. 진짜 필요한 곳에 쓰기에는 성능이 너무 떨어지고, 다른 곳에 쓰기에는 유지비가 너무 많이 든다.
한국에서 쓴다고 하면 연간 3억의 전기세와 스무 명의 관리 인원이 필요한데, 한국에는 그런 컴퓨터를 그렇게까지 써야 할 만한 연구소가 없다.

"해당 컴퓨터를 구입해서 미국에 설치하세요. 미국은 전기세가 싸니까 전기세는 얼마 안 들 겁니다. 그걸로 비트코인을 채굴하세요."

비트코인은 암호를 풀어서 얻어 낸다. 그리고 시중에 유통되는 비트코인이 많을수록 그 암호는 더더욱 어려워진다.

ㅡ하지만 비트코인은…….

로버트는 조심스럽게 말을 꺼냈다. 그가 보기에 이건 너무 위험한 투자이기 때문이다.

"가치가 너무 낮습니다."

비트코인은 2009년에 유통되기 시작했다. 그리고 지금 가격은 1코인당 잘해 봐야 한화로 5만 원 선.

만일 이게 실패하면 노형진은 엄청난 손해를 본다.

아무리 싼 가격에 산다고 해도 그 커다란 슈퍼컴퓨터를 미국으로 가지고 오고, 거기에다가 안전한 장소에 두고 보안을 유지하며 인력까지 고용한다고 하면 50억은 들어갈 테니까.

"걱정 마세요. 내가 알아서 합니다."

노형진은 비트코인이 성공한다는 것을 알고 있었다.

더군다나 지금은 비트코인의 암호화 수준이 아주 낮은 시점이다. 만일 슈퍼컴퓨터를 동원해서 암호를 풀기 시작하면 터무니없이 빠른 속도로 비트코인을 충전할 수 있다.

'지금은 5만 원 선……. 하지만 몇 년 후에는 코인 하나당 무려 131만 원까지 뛴다.'

현재 금의 기대 수익은 세 배다. 그 수익금으로 비트코인을 산 후 다시 3년 정도만 기다리면 무려 스물다섯 배 가까이 수익이 나는 것이다. 더 장기적으로 보면 수천만원까지 올라가는 물건이니 거기에 투자하지 않으면 그게 멍청한 짓이다.

더군다나 비트코인이 유통되기 시작한 시점은 노형진이 딱 금을 팔고 날 때쯤이다.

즉, 금을 판 돈을 모조리 비트코인에 투자하면 어마어마한 돈이 생기는 것이다.

'내가 아는 한 최고의 기회야.'

물론 그 후에도 여러 번의 기회가 있다. 그러나 비트코인처럼 수백 배의 수익률을 내는 기회는 없다고 봐도 무방하다.

더군다나 직접 채굴하면 초반 투자 비용 50억을 빼고는 말 그대로 무에서 유를 창조하는 셈이다.

'그것만 성공한다면…….'

중동 왕가에 못지않은 자금력을 가지게 되는 것이다.

"당장 구입하세요. 비트코인이 무조건 최우선입니다."

－네, 알겠습니다.

로버트는 군소리 없이 고개를 끄덕거렸다.

노형진이 하라고 하는 것은 오른다. 그건 부정할 수 없는 사실이다.

　–그러면 여유 자금에서 유통할까요?

　현재 노형진이 가진 여유 자금은 1,200억 정도. 충분히 하고도 남는 돈이다.

　하지만 노형진은 그 돈을 쓸 생각이 없었다.

　현금이 있어야 어느 정도 힘을 쓸 수 있는 한국의 특성도 있지만, 역사가 자신의 기억대로만 흘러가리라는 법은 없기 때문이다.

　그러니 안전을 위해서라도 그 정도 돈은 쥐고 있을 생각이었다.

　"아니요. 타겟팅의 주식 전부를 판매하세요."

　로버트는 깜짝 놀라서 자신도 모르게 모니터에 매달렸다.

　–타겟팅을 팔라니요? 한창 성장하고 있는데요?

　"한꺼번에 다 팔라는 게 아닙니다. 2년간 조금씩, 티가 나지 않게요. 폭락하면 손해니까."

　–하지만 타겟팅은……

"압니다. 한창 잘나가고 있죠."

SNS는 신흥 시장이고 그중 최강자는 타겟팅이다. 그런데 그걸 팔라니?

'하지만 조만간 그 한계가 오지.'

타겟팅은 확실히 좋은 기업이다.

그런데 그거 말고 다른 건 하려는 노력을 하지 않은 게 첫 번째 실수고, 사람들의 변화를 인정하지 않고 자기 방식만 고집한 게 두 번째 실수였다.

역사적으로도 지금부터 2년 정도가 최고가이고 그 이후부터는 사정없이 몰락한다.

"요들러도 판매하세요. 기한은 2년. 목적은 같습니다. 걸리지 않게 조금씩."

─하지만 미스터 노, 요들러는…….

"압니다. 그래도 파세요."

요들러는 검색의 대명사라 할 만큼 유명한 곳으로, 현재 미국 인터넷 시장에서는 절대적인 기업이었다.

'그러나 몰락하고 있지.'

그들도 마찬가지로 자기 자리에 안주하다가 결국 몰락하고 만다.

그리고 지금이 딱 최고가인 시기다. 2년 후부터는 가격이 떨어지기 시작한다.

'그럴 거면 차라리 파는 게 나아.'

지는 해보다는 뜨는 해에 투자하는 것이 맞는 말이다.

한창때에 팔려고 하면 큰손은 덤비지 않는다. 큰손들은 정보에 빨라서 위험성도 잘 알기 때문이다.

결국 덤비는 건 개미라고 하는 개인 투자자들인데, 노형진은 그들에게 피해를 주고 싶지 않았다.

"타겟팅의 지분은 팔아서 마스크북에 투자하고, 요들러를 팔고 얻은 돈은 구걸에 투자하세요. 지분율은 협상해 봐야 할 겁니다. 아무리 투자가 좋다고 해도 무조건 받지는 않을 테니까 그들이 원하는 선에서 투자하시고, 잔액은 전부 비트코인에 투자하세요."

—구걸, 알겠습니다만…… 마스크북은 좀 위험한데요?

노형진은 씩 웃었다.

그리고 그 미소의 이미를 알아챈 로버트는 고개를 끄덕거렸다.

—알겠습니다.

미다스의 손이라는 이름은 그냥 붙은 게 아니다. 단 한 번도 실패한 적이 없기 때문에 그렇게 불리는 것이다.

"둘 다 2년 동안 조용히 구입하세요. 절대로 한꺼번에 대량 수매는 안 됩니다."

ㅡ적대적 인수 합병을 하시려는 겁니까?

"그건 아닙니다. 아까도 말했다시피 투자하려는 겁니다."

그 두 곳은 앞으로 10년간이 전성기다. 그러니 그곳을 잡아 두면 막대한 돈이 모일 것이다.

어차피 저들이 운영해서 회사가 최고로 성장할 텐데 자신이 끼어들 이유는 없다.

ㅡ그런데 그렇게 되면 자산이 남는데요? 운영권을 확보해 볼까요?

시장에 풀린 주식은 한계가 있다.

물론 증자를 통해서 늘릴 수도 있지만, 아직 증자가 이루어지지 않은 상황.

더군다나 아무리 조용히 주식을 산다고 해도 누군가 긁어모으면 그쪽에서도 알게 되어 적대적 인수 합병을 걱정하게 된다.

"회사의 경영권에는 관심 없습니다. 필요하면 직접 투자

해도 됩니다."

ㅡ직접 말입니까?

"네. 운영권에 관심이 없다고 하면 그쪽도 호의적으로 투자를 받을 겁니다."

ㅡ알겠습니다. 양측에 접근해 보겠습니다. 이미 미스터 노가 두 곳 다 상당히 투자한 상황이니 그쪽에서 꺼리지는 않을 것 같군요.

노형진은 이미 마스크북과 구걸이 시작할 때 상당한 투자를 한 상황이다.

그런 만큼 그들은 기꺼이 투자를 받을 것이다.

운영권이 목표였다면 이미 빼앗았을 테니까.

"다른 부분은 맡기겠습니다."

ㅡ알겠습니다.

로버트는 기쁜 얼굴이었다.

주요한 투자는 노형진이 하지만 남은 금액으로도 자신은 충분히 경험을 쌓을 수 있기 때문이다.

물론 손해가 가끔 나기도 하지만 노형진은 모른 척했다.

로버트가 성장할수록 노형진에게는 이득이니까.

"오늘은 이쯤하지요. 피곤하실 텐데요."

원래 이런 보고는 직접 와서 하는 것이 보통이다. 더군다나 노형진 정도의 큰손이면 당연히 직접 와야 한다.

하지만 노형진은 그럴 필요가 없다고 생각했다. 인터넷으로 다 볼 수 있는데 굳이 그럴 이유가 없는 것이다.

속이려고 한다면 눈앞에 있다고 못 속일 것도 없거니와, 얼마 전에 직접 와서 보고할 때 사이코메트리 능력으로 그들이 거짓말하지 않는다는 것을 확인했기 때문에 이번에는 인터넷 회의로 마치기로 한 것이다.

그러니 여기는 한낮이지만 미국은 한밤중일 게 뻔했다.

―아닙니다. 낮에 미리 좀 쉬었습니다.

로버트는 조심스럽게 말했다.

―어차피 중요한 부분은 다 했으니까요. 나머지는 메일로 발송하십시오. 다음 달에 다시 오실 건데요, 뭐.

한 번은 만나서 하고, 한 번은 화상으로 하는 것이 노형진의 규칙이다.

한 달이 길다면 길지만 짧다면 짧은 기간이기 때문에 로버트는 순순히 고개를 끄덕거렸다.

다른 예민한 투자자들 중에는 자신들을 속일까 봐 일주일 간격으로 보고하라고 하는 사람도 있으니 노형진은 완전히 양반이었다.

물론 노형진이야 진실을 알아낼 수 있어서 그런 거지만.

막 화면을 끄려고 하던 로버트가 순간 멈칫했다.

-아, 그러고 보니…….

"뭐 보고하실 게 있습니까?"

-최근에 이상한 소문이 들립니다. 미스터 노.

"이상한 소문?"

-네. 미스터 노에 대해 알아보고 다니는 사람이 있다고 하더군요.

"나에 대해서요?"

노형진은 고개를 갸웃했다.

-네, 그런데 그들이 동양계 사람인 듯합니다.

"동양계라……. 한국인 같던가요?"

ㅡ그런 것 같더군요.

"흠……."
노형진은 얼굴을 일그러뜨렸다.
'조용히 살고 싶은데.'
그가 한국이 아닌 미국의 투자회사를 선택한 데에는 여러
가지 이유가 있다.
일단 투자 정보와 수익이 그쪽이 확실한 데다가, 미국에
산 적이 있어 한국 쪽 투자 정보보다는 미국 쪽 투자 정보를
더 확실하게 기억하고 있기 때문이다.
그 외에도 큰 비중을 차지하는 이유는 바로 보안이었다.
'내 자산에 대해 아는 사람은 극히 드물 텐데?'
노형진은 자신의 자산을 가능하면 드러내고 싶지 않았다.
그래서 최대한 명의를 돌리고 외부에 자신이 드러나지 않게
했다.
가족도 노형진의 총자산에 대해 잘 알지 못한다. 그나마
아는 것은 유민택 정도일 것이다.
그야 원래 사업적으로 눈이 밝은 사람이니까.
"한국인이 확실한 겁니까?"

―신분증을 보여 달라는 요구에는 거부했다고 하더군요.

"공식적인 정보 요청도 없었고요?"

―네. 다만 그들이 김치라는 단어를 쓰기는 했답니다.

"김치?"

―네. 그들과 상대했던 직원이 그러더군요. 자신은 한글을 모르지만 김치라는 단어는 안다고. 자기들끼리 이야기하는 와중에 김치라는 단어가 나왔답니다.

노형진은 왠지 창피해졌다.

한국인들이 누가 오기만 하면 김치를 아느냐고 오죽 물어 댔으면 한국에 대해 모르는 사람도 김치라는 단어를 알고 있는 것이다.

'두 유 노 김치냐……'

어찌 되었건 확실한 것은 그들이 한국인이라는 것이다.

만일 한국인이 아니라면 자기들끼리 이야기하면서 김치라는 단어가 나올 가능성이 얼마나 되겠는가?

안 봐도 뻔하다. 미국에 있으니 입맛에 안 맞는 음식 때문에 '김치 먹고 싶다.' 같은 소리를 했을 것이다.

"그 사람들에 대해 좀 알아봤습니까?"

–혹시 몰라서 사람을 붙였습니다.

"잘하셨습니다."
로버트의 입장에서는 투자자에게 큰 위험이 될 수 있는 그
들을 그냥 둘 수는 없다. 그래서 바로 사장에게 보고했는데,
사장은 아예 그들에게 탐정을 붙여 버렸다.

–조만간 그들이 누군지 알아내서 알려 드리겠습니다.

"감사합니다. 그러면 그때 다시 뵙지요."
노형진은 마지막 인사를 하고 컴퓨터를 끄다가 고개를 갸
웃했다.
"나에 대해 알아보려고 한다라……."
알 수 없는 찝찝함에, 걱정이 들기 시작했다.

⚖

얼마 후 노형진의 메일로 한 통의 연락이 왔다. 내용은 그
들의 신분에 관한 것이었다.

그들은 얼마 전 출국했습니다. 여러 루트로 확인해 본 결과, 그들의 목적이 국가나 기업의 소송은 아닌 것으로 드러났습니다. 그런데 그들이 왕복한 비행기의 결제 내역을 확인한 결과 한국 내에 있는 '새빛보안'이라는 곳에서 온 것으로 되어 있었습니다. 새빛보안에 관하여는 아직 알아보지 못했습니다.

아니나 다를까, 한국 국적이라는 것이 확인되자 노형진은 우려가 섞인 얼굴로 답장을 보냈다.

그들의 노력에 감사하며, 추가적인 조사는 이곳에서 진행하겠노라고 말이다.

'이곳에 대해 알 만한 사람은 한 명뿐이지.'

한국에서 보안 업체라는 곳이 하는 일은 세 가지 중 하나다.

첫째, 진짜 보안 관련 업무를 하는 회사. 둘째, 조폭들의 일종의 가면. 그리고 마지막은 심부름센터다.

그리고 그에 대해 알 만한 사람이 한 명 있었다.

"고문학 팀장님, 잠깐 와 주실 수 있습니까?"

―무슨 일인가요?

"확인할 게 있어서 그럽니다."

―바로 올라가겠습니다.

고문학은 노형진이 부르자 바로 올라왔다.

노형진의 팀이 완성된 후 이런 정보 공유의 일은 보통 손채림이 하기 때문에 직접 부르는 것은 실로 오랜만이었다.

"노 변호사님, 어쩐 일이십니까?"

그는 오자마자 바로 무슨 일인지 물어 왔다.

"혹시 새빛보안이라는 곳에 대해 아십니까?"

"새빛보안요?"

"네."

노형진은 얼마 전에 있었던 조폭들과의 충돌이 영 찝찝했다. 그래서 그들에 대해 조심해야 한다는 생각을 가지고 있었다.

물론 이상한 점도 있었다.

'하지만 그들이 미국까지 가서 뒤질 이유가 없는데.'

그들은 대대적으로 경찰에 털리고 있으니 이런 상황에서 자신을 공격하는 것은 자살행위다.

더군다나 자신이 어디서 일하는지 아는데 미국으로 가서 자신을 추적할 이유가 없다.

무엇보다 자신의 자산에 대해 아는 사람은 극히 드물다. 그런데 그들이 알아내서 그걸 확인하러 갔다는 것도 설득력이 떨어지고 말이다.

"새빛보안이라……."

고문학은 약간 생각하는 듯하더니 고개를 끄덕거렸다.

"알고 있습니다."

"조폭 계열사인가요?"

"그쪽은 아닙니다."

"그쪽이 아니라고요?"

"네, 정식 보안 업체와 흥신소의 중간쯤에 있는 녀석들입니다."

"중간쯤이라고요?"

"네."

고문학은 새빛보안에 대해 설명해 주기 시작했다.

그의 말에 따르면 그들은 공식적으로는 보안 업체지만 흥신소처럼 뒷조사를 해 주기도 한다는 것이다.

"그럼 흥신소와 크게 다를 바 없지 않습니까?"

"그건 그렇지요. 하지만 수준이 다릅니다."

일반적인 흥신소가 그냥 뒷조사를 통해서 불륜이나 현재 위치를 확인하는 정도라면, 이들은 좀 더 중요한 내부적인 정보를 얻어 낸다는 것이다.

"왜 그러십니까?"

"그쪽에서 날 조사한다는 이야기가 나와서요."

"네? 노 변호사님을요? 왜요?"

"저야 모르죠."

그들이 자신을 조사할 이유는 없다.

"담당하고 있는 사건 때문일까요?"

"글쎄요. 그럴 이유가 없어 보이는데요."

물론 노형진이 하고 있는 사건 중 굵직굵직한 것이 몇 개 있으니 상대방 중에는 그걸 할 능력이 되는 사람도 있기는 하다.

"하지만 그런다고 저한테 무슨 위협을 가할 수 있는 것도 아니고, 애초에 그들이 절 조사한 게 법 쪽이 아니라 경제력 쪽이거든요."

"경제력?"

"네."

고문학은 잠시 침묵을 지키면서 고민했다. 그러다 뭔가 생각난 듯 손바닥을 딱 쳤다.

"아! 그러고 보니 소문이 하나 있기는 했습니다."

"소문?"

"네."

"무슨 소문요?"

"그들의 주요 고객이 상류층이라고 하더군요."

"그렇겠지요."

미국에까지 가서 뒷조사를 해 줄 정도면 그저 그런 조사를 하는 곳은 아니다.

당연히 그에 따른 비용도 줘야 하는데, 보고에 따르면 조사한 사람은 세 명. 왕복 수천만 원이 깨진다는 소리다.

'그 돈을 주면서 조사해 달라고 하는 사람이 그저 그런 사람은 아닐 거야.'

"누가 했는지 알아볼 수 있을까요?"

"무리입니다. 그런 게 쉽게 새어 나올 곳이면 상류층이 쓸 이유가 없지요. 물론 돈을 많이 쥐여 주면 모르겠지만……."

"그럴 이유까지는 없을 것 같군요."

돈을 주고 배신하라는 것도 아니고, 그저 누가 의뢰했는지만 알아낸다고 일이 해결되는 것도 아니다.

"아마 조만간 나타날 테니까요."

그리고 그게 누구든, 노형진은 해결할 자신이 있었다.

⚖️

"아이고, 반갑습니다, 노 변호사님."

노형진은 결코 반갑지 않은 손님을 맞이하고 있었다.

"반갑습니다, 전동식 의원님."

"소문이 자자하신 분을 만나 뵙게 되어 영광입니다."

확연하게 자신에게 숙이고 들어오는 전동식 의원을 보면서 노형진은 속에서 열불이 터졌다.

'가능하면 정치권과 엮이고 싶지 않은데.'

하지만 자신이 찾아가지 않아도 저쪽에서 찾아오는데 무시할 수는 없다. 더군다나 갑자기 찾아온 것도 아니고, 정식으로 약속까지 잡고 왔으니 말이다.

"그런데 어쩐 일로 여기까지 오셨습니까? 의뢰하려고 하시는 건가요? 의뢰라면 접수처가 따로 있습니다만."

그들의 의뢰라면 그다지 받아 주고 싶지 않았기에 그는 슬쩍 말을 돌렸다.

물론 거길 거치지 않아도 받아 줄 수 있는 재량권은 있지만 반대로 거부할 재량권도 있기 때문이다.

"아닙니다. 그냥 안부 인사차 왔습니다."

"안부 인사차?"

"네."

그 소리에 노형진은 코웃음이 났다.

이건 지나가는 개도 웃을 일이다. 더군다나 서로 사전에 알던 사이도 아니고 전혀 모르는 사이에 웬 안부차?

"뭐, 저야 잘 지내지요."

일반적으로는 여기에 '덕분에'라는 표현을 붙이지만 그는 노형진에게 해 준 게 없으니 그 표현을 붙이지 않았다.

따라서 사실상 명백하게 비꼬는 것이지만, 상대방은 그걸 아는지 모르는지 실실 웃을 뿐이었다.

"전 잘 지내니까 걱정하지 않으셔도 됩니다."

노형진은 불편함을 대놓고 표현했다.

어차피 그가 여기에 온 것은 뭔가가 필요해서일 테니까.

물론 의뢰인에게는 친절하게 대하는 것이 보통이지만 그는 골칫덩어리일 뿐이었다.

"자, 자, 그러지 마시고."

노형진이 적대적인 듯하자 그는 슬슬 자신이 찾아온 목적을 말하기 시작했다.

"여러 가지로 부탁드릴 것도 있고 해서 말입니다."

"부탁이라 하시면 의뢰인가요? 의뢰는 아까도 말씀드렸다시피 접수처에서 해 주셔야 합니다."

"그건 아닙니다. 다만 이 나라의 발전을 위해 힘써 주십사 하는 것이지요."

"힘써 달라니요?"

"아무래도 정치를 하다 보면 여러 가지 일이 있기 마련 아니겠습니까?"

"여러 가지 일?"

"네. 그러다가 힘이 달리는 경우도 있기 마련이고."

노형진은 그제야 이 사람이 왜 자신을 찾아왔는지 알 것 같았다.

'정치자금을 달라 이거군.'

국민들은 잘 모르지만 재산이 어느 정도 되면 정치자금을 안 주면 버틸 수 없는 게 현실이다.

'젠장…… 주기 싫은데.'

주기 싫지만 주지 않을 수 없는 게 정치자금이다.

더군다나 이렇게 주는 자금은 합법적으로 달라는 게 아니라 불법적으로 달라는 거다.

합법적으로 기증하는 거야 어느 정도 세금 공제도 받고 발표라도 하지만, 이건 그런 건 꿈도 못 꾼다.

'그래, 먹고 떨어져라.'

노형진은 귀찮아서 대충 한 1억쯤 던져 주고 끝낼 셈이었다. 1억 정도야 노형진의 입장에서는 던져 주고 말 수 있는 금액이니까.

물론 이들이 간 후에는 반대 정당에도 1억을 줄 셈이었다.

한쪽에만 주면 나중에 보복이 올 수도 있고, 형평성도 안 맞기 때문이다.

"그래서 얼마 정도나 원하십니까?"

노형진은 무심하게 물어봤다.

많아야 2억 정도일 테니 일단 협상해 보자고 생각해서였다.

그런데 전동식의 말은 노형진이 기가 막혀서 말문이 턱하니 막혀 버릴 정도였다.

"그래도 한 300억은 주셔야 하지 않겠습니까?"

"얼마요?"

"300억 정도면 될 듯합니다, 헤헤헤."

뻔뻔하고 당당한 그 태도에, 노형진은 한동안 아무 말도 하지 못했다.

300억대 정치자금은 대한민국 내에서도 세 손가락에 들어갈 정도로 규모 있는 기업들이 낼 만한 돈이다. 그런데 그걸 달란다.

"아니, 내가 그런 돈이 어디 있습니까?"

노형진은 버럭 화를 냈다.

"물론 한국에는 그런 돈이 없으시지요. 그러니까 더 좋은 거 아니겠습니까?"

노형진은 전동식의 말에 아차 싶었다.

'이 녀석들이구나.'

자신의 재산에 대해 조사하고 다닌 녀석들.

그 녀석들이 누군가 했더니 이들이었던 것이다.

'어쩐지…… 나한테서 뜯어낼 수 있는 돈을 감안해 보려고 재고 있었던 거군.'

자신이 미다스의 손이라는 소문은 많이 났지만 그 재산이 얼만지는 정확하게 알려져 있지 않다. 그저 한국 내에 대략 2천억 정도라고 알려져 있을 뿐이다.

미치지 않고서야 2천억 재산을 가진 사람한테 300억을 달라고 하지는 않을 것이다.

'하지만 2조라면 이야기가 달라지지.'

2조면 20,000억이다. 더군다나 투자한 것까지 합하면 못해도 3조급은 될 만한 돈이다.

'젠장…… 다 안 건가?'

돈이 돈을 부른다고 했다.

가령 한 사람이 1억을 모으는 데 걸리는 시간이 10년이었다면, 다시 10년이 지나면 그 1억은 2억이 아니라 못해도 5억이 된다. 돈이 돈을 부르는 구조로 되어 있기 때문이다.

노형진은 영화판에서 번 막대한 돈과 지식 그리고 거기서 불린 투자금으로 주요 성공 사업에 모조리 투자해서 엄청난 수익을 거뒀다.

일반적으로 수익률이 80%만 넘어도 엄청난 대박이라고 하는데 노형진의 수익률은 대략 500%이다.

성공할 기업을 알고 있으니 초반에 거기에 투자하고, 그럼 충분한 자산을 확보한 기업은 더 빨리 성공하고 노형진은 그 이익을 더 빨리 회수하기 때문이다.

"노 변호사님 정도 되는 부자라면 그 정도는 가능하지 않겠습니까?"

히죽거리면서 웃는 전동식.

"아니, 전…… 그렇게 돈이 많지 않습니다."

노형진은 진땀을 흘리면서 그의 손을 덥석 잡았다.

상황이 이렇게 된 이상 얼마나 아는지 확인이 필요하기 때문이다.

"에이, 그런 소리 하지 마세요. 노 변호사님이 얼마나 알부자인지 알고 있습니다."

그는 그렇게 말하고 있지만 노형진의 머릿속에 보이는 그의 생각은 좀 달랐다.

'오호라?'

처음에는 다 알고 온 줄 알고 진땀을 흘렸는데 정작 그는 아는 게 없었다.

'의심은 하는데 확신하지는 못하고 있다는 거군.'

다행이라면 다행인 것이, 그들에게는 어떤 증거도 없었다.

'하긴, 그렇겠지. 어쩐지 이상하다 싶었어.'

자신의 개인 정보가 그렇게 쉽게 넘어갈 리 없다.

국가 단위의 스파이전도 아니고, 아무리 한국에서 잘나간다고 해도 흥신소는 흥신소일 뿐이다. 전문 추적이 가능한 탐정이나 기업이 있는 미국이 아닌 한국의 흥신소는 쓸 수 있는 방법이 한정되어 있다.

'의심은 되는데 증거는 없으니 일단은 찔러보자 이거군.'

아무리 정부가 바보 같다고 해도 미국에서 엄청난 돈을 벌어들이고 있는 미다스의 손을 모르지는 않을 것이다. 그리고 그가 한국인이라는 것도 모르지는 않을 것이다.

'하지만 그게 누군지 확신은 못 하는군.'

그러면 남은 것은 가능성이 있는 사람을 찾아내는 것이다.

그리고 그중 한 명이 바로 노형진이었다.

'찔러보기라…….'

만일 찔러서 성공한다면 적지 않은 정치자금을 받을 수 있다.

말이 정치자금이지, 결국은 정치인들 배만 채워 주는 것이다.

그리고 아니라고 해도 손해 볼 건 없다. 어차피 돈은 내야 하니까.

"이미 다 알고 왔습니다."

"다 알고 오셨다면서 왜 그러십니까? 저 그렇게 부자 아닙니다."

"미국에 사람을 보내 봤어요."

"미국에요? 아니, 미국에 왜 사람을 보냅니까?"

노형진이 모른 척하자 전동식은 살짝 당황했다.

'이놈이 아닌가? 하지만 이 녀석일 가능성이 제일 높다고 했는데.'

선거를 하다 보면 막대한 돈이 들어간다.

국회의원과 정치인은 뇌물을 받는 사람이자 동시에 뇌물을 줘야 하는 사람이기도 하다.

자신들이 얼마 받으면 당연히 위에 얼마 줘야지, 안 그러면 위에서 그들을 좋아하지 않는다.

공천제를 운영하는 한국에서 공천받기 위해서는 뇌물이 필수다.

그 와중에 얼마 전부터 도는 소문.

미다스의 손이라 불리는 노형진이 해외에 투자한 자금이 생각보다 어마어마하다는 사실.

그리고 조사 결과, 최소 1조에서 많으면 3조 이상의 재산을 해외에 투자한 사람이 있다는 사실이 드러났다.

문제는 그 신분을 확인할 방법이 없다는 것.

몇 회에 걸쳐서 자신의 신분을 감춰 놨기 때문이다.

'분명히 이 녀석일 거라 생각했는데.'

노형진은 재산을 가지고 있으면 빼앗긴다는 것을 알고 있다.

한국에서 힘이 없는 자가 돈을 가지고 있는 것은 죄악이다. 심지어 힘이 있는 대기업도 빼앗기는 판국에, 개개인이라면 더더욱.

그래서 몇 번이나 보안을 철저하게 해서 **빼앗을** 수 없게 돌려났다. 세금이야 정상적으로 중간에 있는 기업의 명의로 제대로 냈지만 말이다.

'내가 그걸 기억하지 못할 것 같아?'

노형진이 회귀하기 전에 큰 부자가 의뢰인인 적이 있었다.

그는 현직 국회의원의 기부를 해 달라는 부탁을 거절했는데, 그날부터 정부는 모든 방법을 다 동원해서 그를 공격했다.

무려 2천 명이나 일하는 그의 공장은 하루아침에 망했고, 직원들은 실업자가 되었으며 그 가족은 생계를 이어 갈 수가 없게 되어 자살하는 사람들까지 생겼다.

그 공장이 있던 지역은 그곳 말고는 딱히 돈이 나올 게 없는 시골이었기 때문에 지역 상권은 박살이 났다.

이런저런 이유로 한 지역이 파탄이 났는데도 정치인들에게서 돌아온 건 그러니까 알아서 기라는 비웃음뿐이었다. 소위 말하는 본보기에 걸린 것이다.

결국 홀로 남은 그 사람은 잔뜩 화가 난 채로 남은 재산을 가지고 해외로 이민을 가 버렸다.

부자는 망해도 삼대는 간다고 했다. 그는 재산을 어느 정도 잃어버리기는 했지만 치명적일 정도는 아니었다.

하지만 그 공장에서 일하던 일가족을 포함해 열두 명이 자살했고, 그 공장만 보고 장사하던 가게는 열 곳이 넘게 망했다. 아마도 개인적으로 거래하던 곳들은 더 망했을 것이다.

'증거가 없었겠지.'

심지어 카우보이 자산 관리사 중에서조차도 자신의 신분을 아는 것은 사장과 로버트뿐이다.

"다 알고 왔다니까요."

다시 한 번 강하게 밀어붙이는 전동식.

하지만 노형진의 잡은 손을 놓은 상태가 아니었기 때문에 그의 생각은 자연스럽게 노형진에게로 흘러들어 왔다.

"제 재산이야 다 아시지 않습니까? 생각을 해 보세요, 제가 그 돈이 있으면 여기서 변호사 노릇 하고 있겠습니까?"

"으음……."

전동식은 순간 말문이 막혔다.

'할 리가 없기는 한데.'

그의 생각에, 자신이라도 2조가 넘는 돈이 있으면 변호사 노릇을 하지는 않을 것 같았다. 개인 요트와 전용기를 사서 유유자적 놀면서 다닐 것이다.

그런 생각을 읽어 낸 노형진은 피식 웃었다.

'사명감이라는 게 뭔지도 모르는 너희들은 결국 그 수준이지.'

사명감이 있는 사람은 재산과 상관없이 그 일을 한다. 그리고 노형진은 자신이 다시 살아난 것이 절대 우연은 아니라는 것을 알고 있었다.

"뭐, 조금 더 알아보기는 하겠습니다만…… 그래도 재산이

이것이 법이다

1천억은 넘으실 텐데요?"

"그거야 그렇지만, 그 돈을 다 드릴 수는 없지 않습니까?"

그건 맞는 말이다.

아무리 노형진의 재산이 1천억이 넘는다고 해도 그중 절반을 빼앗아 가면 100% 문제가 생긴다.

"뭐, 양심적으로 내주셨으면 합니다. 나중에 다시 협상을 하도록 하죠."

그는 일단 슬쩍 발을 뺐다.

여기서 너무 조금 받으면 당으로 돌아갔을 때 혼이 나고, 그렇다고 너무 많이 받아 내면 나중에 문제가 생긴다. 그러니 좀 더 알아보고 뜯어낼 생각인 것이다.

"오늘 즐거웠습니다. 나중에 다시 뵙지요."

전동식은 그렇게 말하면서 떠났고, 노형진은 그가 떠난 자리를 보면서 이를 박박 갈았다.

⚖

"유 회장님은 이런 거 어떻게 하십니까?"

노형진은 이런 일에 대해서는 경험이 없다.

아무리 그가 뛰어나도 전혀 낯선 일에 대해 대책을 세울 수는 없었기 때문에 그는 이런 일에 대해 잘 알 만한 사람을 찾아가기로 했다. 그건 다름 아닌 유민택.

그는 기업을 세우고 또 대룡이라는 거대한 기업을 운영하면서 이런 일을 한두 번 겪은 게 아닐 테니까.

"줘야지, 뭐."

"네? 그냥 준다고요?"

"정치인들이 얼마나 질긴데. 안 주고는 못 배겨."

"대룡조차 말입니까?"

"그러니까 더 못 버티지. 똥 덩어리가 클수록 파리도 더 많이 모인다네."

"음⋯⋯."

"그리고 자네도 알다시피, 한국에서는 뇌물이 없으면 아무것도 못 한다네."

"하아⋯⋯ 부정은 못 하겠네요."

뇌물을 요구하는 것은 한두 곳이 아니다.

큰일을 하는 데만 뇌물이 필요한 게 아니다. 당장 뭔가 팔기 위해 해당 물품에 대한 허가를 받는 것에도, 소위 말하는 급행료를 요구하는 것에도 뇌물이 필요하다.

"그리고 그게 약점이 되어서 도리어 뇌물을 줘야 하지. 정치자금도 마찬가지일세. 안 주면 보복이 들어오지만, 한번 주면 그다음부터는 불법적인 것에 코가 꿰여서 점점 금액이 늘어나거든."

"그러면 안 줄 방법은 없습니까?"

"있지. 한국을 떠나는 것."

"끄응."

유민택이 방법이 없다고 할 정도면 진짜 방법이 없는 것이다.

"자네가 얼마나 큰 돈을 가지고 있는지는 모르겠네만 정치인들이 그 돈을 그냥 만만하게 놓지는 않을 거야. 그 인간들이 정치를 왜 하는데?"

"인생 한 방이라 이건가요?"

"그렇지. 자네 정치인들이 제일 가고 싶어 하는 부서가 어딘지 아나?"

"부서?"

"그래. 정치인들도 담당이 있다네."

어떤 사람은 행정 쪽을, 어떤 사람들은 법률 쪽을 담당하기 마련이다. 국회의원이라고 해서 모든 것을 하는 것은 아니다.

보통 위원회를 꾸려 그 안에서 해당 업무를 한다.

"제일 가고 싶어 하는 곳은 국토개발위라네."

"국토개발위요?"

"그래. 왜 그럴 것 같나?"

"하아, 알 것 같네요."

국토개발위원회라면 전국의 개발 지도를 볼 수 있다. 그리고 그걸 바탕으로 땅을 사 두면 어마어마한 돈을 벌 수 있다.

물론 명백하게 불법이지만, 거기 들어가서 그 짓을 하지 않는 정치인 따위는 단 한 명도 없었다.

"그래서 개발위로 가려면 최소 3선 이상, 그것도 상당한 파워를 가지고 있어야 하지."

"끄응."

"원래 국회의원은 한번 성공하면 잭팟이야."

"부정은 못 하겠네요."

문득 회귀 전 학교에 다닐 때의 동기가 생각났다.

동기의 아버지는 국회의원이 되겠다고 무려 세 번을 출마했고 그때마다 3억이 넘는 돈을 버렸다. 공식적인 돈만 그 정도이니 비공식까지 합하면 회당 5억은 버렸을 것이다.

그나마 두 번은 공천도 받지 못했고 말이다.

'그리고 결국 되기는 했지.'

웃긴 건 그 후다.

그 15억을 복구한 것도 모자라서 그 기간 중에 아파트 두 채를 더 사고 차도 좋은 걸로 바꾸는 등, 터무니없이 재산이 늘어난 것이다.

나중에는 친구조차도 이 꼴이 정상인지 이해를 못 하겠다고 소주를 마시면서 씁쓸하게 웃을 정도였다.

'고작 1선이 그 정도인데…….'

3선쯤 되면 얼마나 많은 돈이 비공식적으로 들어오겠는가?

"그러니 포기하고 적당히 주는 게 좋을 걸세."

"하지만 적지 않은 금액을 요구할 것 같은데요."

"얼마 정도 요구하던가?"

"300억을 요구하더군요."

"좀 과하군."

"대충 제가 미다스라는 건 눈치챈 것 같습니다."

"흠⋯⋯."

대기업도 아니고 개인에게 300억을 요구하는 것은 흔한 일이 아니다.

"이건 자네가 실수한 거야."

"실수요?"

"그래. 자네가 미리 정치 쪽에 선을 만들었으면 이렇게까지는 하지 않았을 걸세."

"그런가요?"

"그래."

노형진은 재산이 넉넉하니 선을 만들려고 했다면 가장 윗선에 넣을 수 있었을 것이다.

그리고 그렇게 했다면 지금처럼 아래쪽이 노형진에게 후원금을 내라는 식으로 강압하지는 못했을 것이다. 윗선에게 갈 돈을 빼앗는 꼴이 되기 때문이다.

"한 50억쯤이면 각 당 최고 라인까지 갈 수 있지. 100억쯤 내면 그 이상의 라인까지 갈 수 있고."

"최고위 라인이라고 하시면?"

"VIP."

노형진은 왠지 씁쓸해졌다.

물론 정치에는 돈이 든다. 다른 나라는 모르지만 대한민국은 그렇게 되어 있다.

　시의원 공천을 받는 데 2천, 도의원은 5천, 국회의원은 1억. 그게 보통 당에 몰래 내야 하는 돈이다.

　그것도 최하가 그렇다. 지명도가 없고 충성도가 입증되지 않으면 더 많은 돈을 내야 한다.

　"어떻게, 연결해 줄까?"

　"가능하십니까?"

　"그래도 우리나라에서 잘나가는 기업일세. 설마 그런 것도 없이 성화와 우리가 싸웠겠나?"

　틀린 말은 아니기 때문에 노형진으로서는 뭐라고 말을 할 수가 없었다.

　"원하면 VIP까지 해 줄 수 있네. 자네한테 도움이 많이 될 거야."

　노형진은 잠깐 갈등했다.

　지금 VIP에게 선을 만들어 두면 두고두고 편한 것은 사실이다. 이들의 치세가 끝나려면 아주 멀었으니까.

　'하지만……'

　그건 자신이 생각했던 신념에 어긋난다.

　자신의 돈은 정치인들을 위해 만든 것이 아니다. 그들에게서 자신을 지키기 위해 만든 돈이다.

　"말씀은 감사합니다만 아무래도 정치 쪽과 선이 닿는 건

여전히 꺼려지는군요."

"자네가 그렇게 말하면 나도 할 말이 없기는 하네만."

정치는 늪과 같다. 한번 손대기 시작하면 끝도 없다.

지금은 50억이면 될지도 모른다. 하지만 내년에는 더 많이 요구할 테고, 그 요구는 점점 높아져만 갈 것이다.

'그러다가 정권이라도 바뀌면…….'

정권이 바뀐다면 돈은 안 줄 수도 있다. 그러나 그렇게 되면 정치 보복이 또 있을 수 있다는 점이 문제다.

설사 정치 보복이 이루어지지 않는다고 해도, 그쪽에다가 적지 않은 돈을 줘야 한다.

'이게 참…….'

그래서 기업들은 절대로 한쪽 정당에다가만 돈을 주지 않는다.

물론 정권을 잡은 정당에 돈을 더 많이 주긴 한다. 하지만 아무리 그렇다고 해도 반대쪽 정당에도 최소 50%는 준다.

그러지 않으면 정권이 바뀌는 순간 어떤 보복을 당할지 모르기 때문이다.

지금 당장도 VIP와 선이 닿으면 좋을 수도 있지만 친밀해질수록 정치 보복의 가능성 역시 높아진다.

"하지만 그냥은 못 넘어갈 텐데?"

"글쎄요…….'

노형진은 암울하게 중얼거렸다.

"더군다나 이건 법적으로 어떻게 할 수 있는 문제가 아니야. 자네가 법이 전문이라고 하지만 말이야."

"흠……."

물론 법으로 저항할 수는 있다.

그러나 법으로 저항하려고 하면 일단 판사와 검사에게도 정치적 압력이 들어갈 건 뻔한 일이다.

그리고 자신에게 대해서도 세무조사부터 시작해서 모든 방법이 다 동원될 것이다.

'나만 표적이 되는 것도 아닐 테고 말이야.'

물론 자신에게 오는 공격은 막을 자신이 있다.

문제는 정치인들이 공격할 때는 절대 본인만 공격하지 않는다는 것이다.

주변 인물들도 집요하게 공격한다.

그래서 당사자와 거리를 두게 만들고, 당사자가 말라 죽어 가는 것을 구경한다.

본인이 아무리 깔끔하게 정리했어도 주변 인물까지 그러리라는 법은 없고, 또 없으면 만들면 그만이다.

당장 얼마 전에 판사로 임용된 매형 같은 경우도, 적당히 핑계를 만들어서 쳐 내면 그만인 것이다.

"한국 정치와 선을 끊으려면 한국을 떠내야 하네."

"흠……."

그건 불가능한 일이다.

당장 자신이 이곳을 떠나면 자신이야 돈을 지킬 수 있겠지만 자신의 도움이 필요한 사람들은 돕지 못하게 된다.

"자네가 무슨 생각을 할지 모르지만, 도발은 하지 말게나."

"네?"

"내가 자네 성격 모르겠나? 한편으로는 반대파에 힘을 실어 줄까 하는 생각도 할 거 아닌가?"

"뭐, 부정은 안 하겠습니다."

노형진은 확실히 반골 기질이 있다.

누군가 자신을 억압하려고 하면 도리어 반대쪽으로 가 버리는 것이다.

"문제는 반대쪽 역시 정치인이라는 것일세. 결국은 더하거나 덜하거나의 문제일 뿐이지. 정치인이 바르다는 소리는 못 하겠네."

"쩝……."

틀린 말은 아니기 때문에 노형진은 입맛만 다셔야 했다.

'하긴, 반대쪽에 준다고 해서 뭐가 바뀌는 것도 아니고.'

도리어 자신이 걱정하는 정치 보복이 지금 당장 들어올 수도 있는 일이었다.

"그러니 조심해야 할 거야."

"일단은 물러나기는 했는데요."

실제로도 자신이 딱 잡아떼자 전동식은 물러났다.

"내가 봐서는 절대 그냥 물러날 리 없네."

"없다고요?"

"전동식은 이제 2선이야. 물론 1선 의원보다 힘이 강하다고 하지만, 확정적으로 수뇌부나 핵심이라고 할 수는 없지."

"흠……."

일반 정치권에서 핵심 인사로 분류되려면 최소 3선 이상 해야 한다.

3선 이상 해야 해당 지역에 나가면 확실하게 자기 자리를 유지할 수 있다고 보기 때문이다.

"1선은 뭐 그냥 아무것도 모르는 초보고, 2선쯤 되면 그냥 핵심 인사들의 믿을 만한 심부름꾼 정도라네."

"믿을 만한 심부름꾼요?"

"그래."

일단 1선과 2선의 차이는 크다.

1선은 진짜 정의를 위해서 하는 놈도 있다. 하지만 그중에는 더러운 정치판에 질려서 그만두는 사람이 적지 않다.

그리고 그렇게 남은 이들이 2선을 하게 되면 드디어 그 성향을 슬슬 드러내기 시작한다.

"그리고 그중에서 권력과 돈을 위해 일하는 놈들의 성향이 드러나면 그때부터는 적절히 이용할 수 있게 되지."

"왜 그런……? 아, 알겠습니다."

2선쯤 되면 권력의 맛을 본 사람이다. 그러니 그 권력을 유지하려고 하는 것은 당연한 일.

그리고 그 자리를 유지하기 위해서는 당연히 공천을 받아야 하는데, 공천은 상급 의원이 꽉 쥐고 있는 부분이다.

"결국 그 공천을 받기 위해 그들의 심부름을 대신하겠군요."

"그렇지. 생각해 보게나. 고작 2선 의원이 자네에게 와서 300억을 요구할 것 같은가?"

"확실히……."

무리다. 2선쯤 되면 30억쯤 요구해도 말도 안 되는 소리다.

힘도 없고 기반도 없는데 그 돈을 요구했다가 엉뚱하게 불똥이 튀면 자기 자리가 날아갈 수밖에 없다.

그런데 개인이 300억? 그건 말도 안 된다.

"누군가의 심부름을 받고 온 거군요."

"그래, 자기를 드러내지 않으면서도 정치자금을 받고 싶은 누군가가 말일세. 그 금액으로 치면…… 최소 4선 이상 급일 걸세."

그 정도면 거의 당 대표급 이상이다. 최악의 경우 VIP일 수도 있는 상황.

"큭."

노형진은 정치권에 대해 알수록 더욱 구역질이 나는 기분이었다.

"그런 사람들을 상대로 안 주고 버티는 건 무리야."

"그렇겠지요?"

"그래. 그냥 어느 정도 윗선에 찔러주고 말게나."

"후우."

노형진은 잠시 고민했다.

어쩔 수 없다는 생각이 들기는 하지만 그래도 한편으로는 화가 나는 것도 사실이었다.

"그냥 한번 꿈틀은 해 봐야겠습니다."

"꿈틀?"

"네."

"안 주겠다는 건가?"

"안 줄 방법을 찾아봐야지요. 그 후에 안 되면 별수 없고요. 그때는 뭐, 유 회장님이 VIP한테 데려다주겠지요."

"허허."

유민택은 어이가 없다는 듯 소리 내어 웃었다.

한국에 있는 이상 정치인들의 마수를 피하는 것은 불가능하다고 생각했기 때문이다.

'하지만…….'

상대방은 노형진이다. 그라면 충분히 가능할지도 모른다는 생각이 들었다.

물론 그가 성공한다고 해서 자신도 따라 할 수는 없다. 자신과 노형진은 상황이 너무 다르니까.

하지만 그동안 당한 게 있는 유민택으로서는 어쩐지 노형진의 그 꿈틀이 성공했으면 하는 기분이었다.

"한번 해 보게. 어차피 줄 거면, 자네 말마따나 꿈틀거리는 것도 나쁘지 않겠지."

"이거 참……."

노형진은 생각지도 못한 문제 때문에 머리를 쥐어짜기 시작했다.

정원이니

　이번 일은 누구의 도움도 받을 수 없기 때문에 노형진은 고민이 많았다. 자신이 아무리 노력해도 한국 내에서는 저들의 눈길을 피할 수 없기 때문이다.

　'그렇다고 해외로 갈 수는 없는 노릇이고…….'

　노형진은 자신의 방법을 찾기 위해 노력했다.

　'일단 이번 일은 내 개인적인 사건이니 다른 사람들은 끼어들게 하지 말자.'

　물론 자신이 말하면 다들 도와주려고 할 것이다.

　문제는 그것이다.

　자신이 성공하든 실패하든, 그들은 정치인들의 미움을 받게 된다는 것이다.

'그러니…… 일단은 다른 방법을 찾아보자. 반대파를 지원하는 것은 의미가 없어.'

유민택의 말대로 그들 역시 정치인이다.

그들에게 한 번이라는 것은 없다. 다음번에도, 또 그 다음번에도, 그들은 지원이라는 이름하에 돈을 달라고 할 가능성이 높다.

"그렇다면……."

노형진이 고민하면서 해결 방법을 찾아내려고 머리를 쓸 때였다.

띠리링.

"응?"

노형진에게 전화가 온 것이다.

노형진은 시계를 힐끗 바라보고는 고개를 갸웃했다.

현재 시간이 새벽 3시. 일반적으로 전화가 올 시간은 아니기 때문이다.

물론 자신이야 아직 퇴근하지 않았다. 아니, 못 했다고 봐야 한다.

급한 거라고 하면 회사에서 오는 것밖에 없을 테지만, 정작 자신이 회사에 있는데 회사에서 전화가 올 이유가 없다.

"노형진입니다."

노형진은 번호를 확인하고는 전화기를 들었다. 한국이 아닌 미국의 번호가 찍혀 있었기 때문이다.

하지만 그것도 이상한 게, 노형진이 모르는 번호였다.

그런데 수화기 너머에서 익숙한 목소리가 들려왔다.

–미스터 노, 저 로버트입니다.

"이 시간에 어쩐 일이십니까?"

자신과 통화한 지 얼마 되지 않은 시점이다. 보고는 다 했고 업무는 다 끝났다.

그런데 자신의 회계 담당인 그가 전화를 한 것이다. 더군다나 자신이 알지도 못하는 번호로.

–급한 보고 사항이 있어서 전화드리는 겁니다.

"그런가요? 뭐 중요한 변동 사항이 있습니까? 그런데 왜 이렇게 시끄럽나요? 뭐라고 하는지 잘 안 들리는데요."

수화기 너머에서 들리는 소란스러운 음악 소리 때문에 노형진은 고개를 갸웃할 수밖에 없었다.

로버트는 조용한 사람이라 시끄러운 곳에 잘 가지 않는 걸로 알고 있기 때문이다.

더군다나 자신에게 극도로 조심해서, 다른 사람이 옆에 있을 때에는 절대 자신에게 전화를 하지 않는다. 보안을 위해서 말이다.

그래서 왜 그런가 했는데, 이어지는 로버트의 말은 노형진을 당황하게 만들었다.

–보안 때문에 클럽에 왔습니다.

"보안 때문에 클럽에 가다니요? 다른 곳이 있지 않습니까?"

통화할 수 있는 곳은 많다. 그런데 클럽에 오다니?

─시끄러운 곳은 도청이 불가능하기 때문에 여기까지 온 겁니다. 이 전화기도 선불폰입니다. 아마도 안전할 거라 생각합니다만…….

"무슨 일이 있었습니까?"

 ─사무실에서 도청기가 발견되었습니다.

그 말을 들은 노형진은 등골이 오싹한 느낌이 들면서 진땀이 쫙 흘렀다.

도청기가 발견되었다는 것은 누군가가 그곳을 감시하고 있었다는 소리다.

"언제요?"

 ─얼마 되지 않았습니다. 다행히 저희는 수시로 도청기 검사를 하기 때문에, 아무래도 미스터 노와 회의한 후에 설치된 거라 생각하고 있습니다.

"으음……."

노형진은 침을 꿀꺽 삼켰다. 그 사실이 가지는 무게는 작지 않기 때문이다.

"누구를 노린 겁니까?"

 ─아무래도 미스터 노를 노린 거라 생각됩니다.

"저를요?"

 ─네. 제 방에서 발견이 되었거든요. 저희 사무실에서는, 솔직히 미스터 노 말고는 달리 추적할 만한 의뢰인이 없어서요.

'확실히…….'

카우보이는 아직은 규모가 작은 곳이다. 자신 빼고는 거액이라고 할 만한 고객은 아무도 없다.

그러니 노린다면 자신이다.

더군다나 다른 사람도 아니고 로버트다. 그는 자신의 전담 관리사다.

ㅡ저희는 아무래도 보안 때문에 수시로 그리고 불시에 보안 점검을 합니다. 그래서 지금 회사가 발칵 뒤집혔습니다. 우리 집에도 보안 점검이 들어갔고요.

그렇다면 안전한 곳은 없다고 봐야 한다.

물론 이런 클럽은 상대적으로 안전할 수밖에 없다. 워낙 주변에 사람이 많고 또 랜덤하게 지나다녀서 외부에서의 감시에 한계가 있기 때문이다.

더군다나 로버트는 클럽에 다니는 성향이 아니니 클럽에 미리 준비한다는 것도 불가능한 일일 테고 말이다.

그걸 아니까 로버트도 클럽까지 가서 전화하는 것일 테고.

'그러고 보니 전화도 선불폰이라고 했지. 이번 일 때문에 새로 산 것이겠군.'

그리고 클럽도 처음 간 곳일 가능성이 높다.

"어떻게 된 건지 알아냈습니까?"

ㅡ아직 알아내지 못했습니다. 하지만 두 가지 가능성이 있습니다.

"두 가지?"

-네. 첫 번째는 미스터 노의 투자 계획을 알려고 하는 것입니다. 아시다시피 미스터 노의 투자는 실패한 적이 없지요. 그걸 알아내면 적지 않은 돈을 벌 수 있습니다. 그래서 다른 곳에서 상당히 욕심을 냅니다. 저희가 보안에 신경을 쓰는 이유도 그것 때문이고요.

노형진은 고개를 끄덕거렸다.

확실히 그럴 가능성이 높기는 하다. 다른 곳에서 노형진의 투자 계획을 알아낸다면, 그걸 따라 하는 것만으로도 막대한 수익을 낼 수 있을 테니까.

"다른 하나는요?"

-지난번에 미스터 노를 찾아왔던 동양인에 관한 이야기입니다.

"동양인?"

순간 자신을 조사했다는 보안 회사가 기억이 나면서 소름이 쫙 돋는 노형진.

"설마 그들이 다시 나타났습니까?"

전동식은 자신이 미다스의 손인지 알아내지 못한 채로 다시 한 번 알아볼 생각을 하고 돌아갔다.

너무 조금 받아 가면 위에서 뭐라고 할 테고 너무 많이 받아 가면 나중에 후환이 두렵기 때문이다.

그러니 자신에 대해 알아보려고 했으리라는 추측은 어려운 것이 아니었다.

-그건 모르겠습니다, 미스터 노. 다만 몇몇 사람들이 우리 주위를 돌면서 미다스의 신원에 대해 알아내려고 노력하는 것은 확실합니다.

"음……."

-아, 잠시만요.

노형진에게 양해를 구하고 잠깐 말을 멈추는 로버트.

그사이에 클럽의 요란스러운 음악 소리가 신명나게 들려왔지만 노형진의 기분은 도무지 나아질 생각이 들지 않았다.

-미스터 노, 이거 생각보다 큰일인 것 같습니다.

"무슨 일인데요?"

-제 집과 대표님의 집에도 도청 장치가 설치되어 있었다고 합니다. 대표님의 사무실에도요.

노형진은 머리끝이 쭈뼛해지는 느낌이었다.

단순히 투자 정보를 얻기 위해서라면 로버트의 사무실에만 도청 장치를 설치했으면 되는 일이다.

그런데 대표와 로버트의 집에까지 도청 장치를 설치했다?

그건 단 한 가지 목적뿐이다.

바로 자신의 신분 말이다.

미다스의 손에 대해서, 미국 내에서 아는 사람은 그들뿐이니 말이다.

"그게 사실입니까?"

-그렇습니다. 외부 전문가 팀이 와서 확인해 본 것입니다.

"설치 시기는요?"

이 순간 생각나는 것은 단 한 사람뿐이었다. 바로 전동식 말이다.

─다행히 일주일 이내라고 합니다.

그렇다면 그들이 자신에 대해 알 가능성은 그다지 높지 않다. 자신과 말할 때 말고는 자신의 신분이 드러나는 경우는 없을 테니까.

"다른 곳에서 내 투자를 따라 하는 곳이 있습니까?"

투자는 즉각적인 반응이다. 만일 누군가 투자를 따라 했다면 투자 정보가 목적일 수도 있다는 생각에 노형진은 물었는데, 애석하게도 로버트의 대답은 부정적이었다.

─전혀 없습니다.

'큭…… 빌어먹을.'

자신에 대해 조사를 하면서도 투자는 따라 하지 않는다는 것은 결국 투자 정보가 아닌 다른 것이 궁금하다는 뜻이리라.

─수사 의뢰를 한다고 하지만, 아무래도 저희 선에서는 해결하기 힘들 것 같습니다.

"왜 그런 거죠?"

─전문가용이라고 하더군요.

"전문가용?"

─네, 이쪽 업계 전문가 말이, 시중에서 구할 수 없는 거라고 합니다. 이 모델이 나온 지 얼마 되지도 않았다고 하더군요.

"그래요?"

-그리고 저희 쪽에 조용히 설치한 것도 미심쩍은 상황입니다. 저희가 아무리 스물네 시간 상주하는 건 아니라고 해도, 이렇게 조용히 들어와서 설치하는 것은 쉽지 않을 겁니다.

"그래요?"

-네, 저희 쪽이 카메라를 확인해 봤는데 찍힌 게 없습니다. 디지털 녹화 기록인데, 검사해 봐야겠지만 아무래도 녹화 영상을 재송출하는 방식을 쓴 것 같답니다.

노형진은 얼굴을 찌푸렸다.

그 방식은 영화에서도 흔하게 나오지만, 사실 실행하기는 무척이나 까다롭다.

영화에서는 그냥 선 몇 개 연결해서 뚝딱해 버리지만 실제로 그걸 하기 위해서는 하드 본체까지 뚫고 들어가서 해킹해야 하기 때문이다.

'상황 엿 같아지는데?'

그리고 자신이 알기로 아무리 한국의 흥신소가 잘나도 그런 행동까지 할 수는 없다.

애초에 한국은 그러한 불법적인 장비를 가지고 있는 데 한계가 있기 때문이다.

'현지에 있는 전문가를 고용한 걸까?'

하지만 다른 곳도 아니고 그런 곳에 들어갈 정도의 작전을 실행할 수 있는 곳은 한정되어 있다.

일반적인 갱단은 꿈도 못 꾸고, 사설 군사 업체 수준은 되어야 한다.

'미국의 사설 군사 업체라……'

노형진은 얼굴을 찌푸렸다.

미국 내의 사설 군사 업체는 어쭙잖은 깡패들과는 완전히 다르다. 군사라는 말이 붙은 것처럼 말 그대로 군사 조직이고, 또한 전직 특수부대원들이 들어가 있는 곳이다.

용병이라는 말이 가장 잘 어울리는 곳이며 구출부터 비밀리에 암살까지 하는 집단이다.

'한국에도 있기는 하지만……'

하지만 한국의 군사 조직은 그저 총을 들고 경비를 서는 수준이다.

그에 반해 그들은 장갑차에 헬기까지 동원하는, 말 그대로 군사 조직.

'확실히 그들이라면 그런 장비를 구할 수도 있지.'

어느 쪽이든 여기서 해결할 수 있는 것은 없었기 때문에 노형진이 선택할 수 있는 것은 하나뿐이었다.

"제가 한번 가 봐야겠군요."

ㅡ미스터 노가요? 하지만 위험하지 않겠습니까?

"아마 제 목숨이 위험하지는 않을 겁니다."

자신의 생각이 맞는다면 저들이 노리는 것은 자신의 돈이지, 목숨이 아니다.

'그렇다면 저들이 얼마나 아는지 그리고 뭘 생각하는지 정확하게 알아야 해.'

그러기 위해서는 직접 그곳에 가는 수밖에 없었다.

"제가 그곳으로 가겠습니다."

그렇게 노형진은 자신의 문제를 해결하기 위해 미국으로 가기로 마음을 먹었다.

⚖️

"환영합니다, 미스터 노."

공항으로 들어서는 노형진을 반기는 로버트 웰슨.

그는 노형진의 짐을 받아서 빠르게 리무진으로 움직였다.

"오는 길은 편하셨습니까?"

"뭐, 오는 길에 뭔 일이 있겠습니까? 바로 회사로 가지요."

"회사로요?"

"네, 시간이 없으니까요."

자신을 추적하는 게 누군지 알아야 확실하게 대응책을 세울 수 있다.

그들이 단순히 무슨 스파이인지 다른 조직인지는, 그곳에 가야 확인할 수 있다.

'도청기를 볼 수 있다면 좋겠지만.'

일단 도청기는 증거로 넘어간 상황이니 그걸 가서 볼 수는 없는 노릇. 그렇다면 그 현장에 가서 기억을 읽는 것이 가장 확실한 방법이다.

"뭐 특이 사항은 없습니까?"

"딱히 없습니다. 현재까지는요. 다면 경찰에서도 추적이 불가능하다고 하더군요."

"불가능하다고요?"

"네. 일련번호를 추적할 수가 없답니다."

모든 제품은 일련번호가 붙어서 나오는데, 그걸로 추적하면 어디서 어떻게 판매되었는지 알 수 있다.

"이미 다 지워 버렸다고 하더군요."

"상당히 세밀한 공정일 텐데요?"

"그러니까요."

일련번호를 지우는 물질은 잘못하면 기반도 고장 낼 수 있다. 그러니 그 과정은 무척이나 세밀하다.

그리고 그렇게 할 수 있는 집단은 한정되어 있다.

"아무래도 갱단은 아니군요."

"애초에 갱단은 저희 쪽에 들어올 수도 없지요."

"하긴."

갱단이 돈을 버는 방식은 단순하다. 이렇게 복잡한 방식으로 돈을 벌려고 하지 않는다.

"일단 주변에 감시하는 사람은 없습니다."

"확실한 겁니까?"

"네, 전문가 몇 분을 초빙해서 확인한 겁니다."

노형진은 고개를 끄덕거리고는 사무실 안쪽으로 들어갔다.

흔해 빠진 사무실.

영상으로 통화할 때 뒤로 보이던 배경이 노형진의 눈에 들어왔다.

"도청기는 어디서 발견된 겁니까?"

"화분 아래와 책상 아래에서입니다."

"흠."

전형적인 배치다. 사람들이 거의 찾지 못하는 위치.

노형진은 그 위치에 손을 대고 스윽 살피는 척하며 도청기가 설치된 시점을 찾아서 기억을 더듬기 시작했다.

'도대체 누구지?'

자신을 위협하는 사람이라고 하지만 이 정도 실력을 가진 사람은 드물다. 그러니 그들의 신분을 확실하게 알아야 한다.

그렇게 생각하면서 기억을 더듬는 순간, 그의 눈앞에 확실하게 떠오르는 장면.

'이건가 보군.'

컴컴한 밤. 청소부 복장을 한 동양인 한 명이 사무실로 들어오는 것이 보인다.

즉, 여기에 침투한 것은 자신이 기억을 읽은 자를 포함하여 두 명이라는 것.

"빨리해. 시간이 없다."

먼저 들어와서 주변을 확인한 그는 시계를 꺼내서 시간을 재기 시작했고, 남은 한 명이 안으로 들어와서 빠르게 도청 장치를 설치하기 시작했다.

"라스트 2분. 순찰은 없다. 바로 움직여야 해."

"걱정하지 마세요, 선배님. 한두 번 해 본 게 아니잖습니까?"

도청기를 설치하며 느긋하게 말하는 남자의 태도에, 기대서 시계를 보던 남자가 화를 냈다. 정확하게는, 그 남자의 감정이 느껴졌다.

"그러다가 실수하는 거야. 국정원의 추문이 왜 나오는 건데?"

"그거야 어쩌다가……."

"그 어쩌다가가 문제인 거다. 흔적을 남기면 그만큼 우리가 불리해지는 거 몰라?"

"네, 네."

다그치는 말에 빠르게 움직여서 설치를 끝내는 남자.

하지만 시간을 재던 남자는 얼굴을 찌푸렸다.

"30초 오버되었다. 영상이 끝날 때까지 앞으로 2분."

"그 정도면 충분하죠."

"시끄러워. 빨리 이탈하자."

그 말을 끝으로 끊어지는 기억.

노형진은 손을 떼면서 얼굴을 사정없이 찡그렸다.

"국정원이야?"

그렇다면 이해가 된다.

전문적인 실력, 추적할 수 없는 최신 장비 등등. 그리고 자신에게 했던 전동식의 말.

'끄응…… 소문을 듣기는 했지만 직접 당해 보니 이거 완전 기분 나쁘네.'

국정원이 내부에서 정권의 입맛대로 누군가를 사찰하고 감시하는 것은 한두 해 일도 아니다. 다만 그게 걸리느냐 안 걸리느냐의 문제였을 뿐이다.

'그런데 내가 대상이 되었다 이건가?'

이유는 안 봐도 뻔하다.

자신의 정체, 즉 미다스라는 증거를 잡기 위해서였다.

'카우보이 자산 관리가 미다스의 자산을 관리하는 거야 익히 알려진 사실이니까.'

즉, 도청의 대상은 자신이 아니라 카이보이 자산 관리였던 것이다.

'일단 그러면 내 정보가 넘어갔을 가능성은 없군.'

기억대로라면 자신과 통화한 이후에 설치된 장비들이고, 자신과 관련된 업무에서 자신의 이름은 절대 드러나지 않는다. 그저 미다스라고 칭해질 뿐이다.

"왜 그러십니까?"

"그냥, 솜씨가 익숙해서요."

"솜씨가 익숙하다니요?"

로버트는 고개를 갸웃했다. 변호사가 이런 일에 관련이 있을 일은 없다고 생각했기 때문이다.

"국정원 소행인 것 같군요."

"국정원요?"

"네."

"아니, 한국의 국정원이 왜?"

"한국에서 정치자금과 관련해서 약간의 트러블이 있었습니다."

"아!"

정치자금이라는 말에 대충 이해가 간다는 얼굴이 되는 로버트였다.

"정치는 돈이 많이 들죠."

"네."

그건 미국도 마찬가지인지라, 미국에서도 정치 후원금을 받기 위해 여러 가지 노력을 한다.

파티를 하기도 하고 후원의 밤 같은 행사를 하기도 하며, 적극적으로 기업에 공개 구혼을 하기도 한다.

'심지어 미국은 로비스트가 합법이지.'

한국에서는 로비스트 하면 안 좋은 이미지가 떠오를지도 모르지만 미국에서는 지극히 합법적인 직업 중 하나다.

"한국은 미국과 방식이 다르지요?"

"네, 확실히 다르지요."

미국의 방식은 로비스트가 자신들의 정책을 지지해 주면 돈을 지원한다는 식이다.

그에 반해 한국은 자신들에게 돈을 주지 않으면 불이익을 준다는 식이라고 볼 수 있다.

어쩔 수 없는 게, 한국은 상당히 고착화된 국가이다 보니 정치인의 권력이 필요 이상으로 강하기 때문이다.

당장 미국에서 벌어졌다면 탄핵이 벌어졌을 만한 일도 한국에서는 일종의 관행이라는 이름으로 넘어가는 게 자주 있는 일이다.

"정치권에서 저한테 정치자금을 요구하더군요."

"설마 미스터 노의 정체에 대해 알아차린 겁니까?"

"그건 아닙니다만, 강하게 의심은 하는 모양입니다."

"으음, 그럼 저희 사무실과 제 집에 도청기를 설치한 건……."

"어떻게 해서든 미다스의 정체에 대해 알아내기 위해서겠지요."

"만일 그게 사실이라면……."

로버트의 얼굴이 사색이 되었다.

그럴 수밖에 없는 게, 만일 그 말이 사실이라면 지금도 그가 감시받고 있을 가능성이 높기 때문이다.

"아마 여기까지 오는 동안에는 없었을 겁니다. 하지만 여기 오래 있으면 국정원에서 사람이 붙겠지요."

예매한 것도 아니고 그냥 짐을 싸서 바로 공항으로 가서 표를 사고 출국해 버린 것이기 때문에 국정원에서 자신을 따라올 사람을 보낼 시간은 없었을 것이다.

그렇지만 미국이라고 해서 국정원 요원이 없는 것은 아니다.

미국의 CIA와 다르게 국정원은 국내와 국외 문제 전부를 관할하도록 되어 있고, 당연히 미국 내에도 그들이 숨어 있다.

'이거 곤란한데.'

노형진은 머리가 지끈거리는 느낌이었다.

그냥 정치인 선에서 자신을 감시하는 거라면 어떻게 해서든 막거나 정리할 수 있다. 하지만 상대방은 다름 아닌 국정원이다.

'그리 호락호락한 녀석들이 아닌데.'

한번 그들에게 죽음을 맞이했던 노형진이다. 그들이 무능하기는 하지만 그렇다고 아예 바보가 아니라는 것쯤은 누구보다 아주 잘 알고 있다.

도리어 회귀 전 그들과 추격전을 하면서 싸워 봤기 때문에 그들이 얼마나 독종인지 그리고 목표를 위해 얼마나 무서운 짓을 하는지 충분히 알고 있었다.

'그들의 목적은 미다스가 분명하군.'

미다스가 한국인인 것은 확실한 상황이다. 그리고 자신이 미다스라는 것은 비밀이다.

공식적으로 노형진이라는 이름은 영화판에서 통용된다.

영화판에서도 그 투자 규모가 작지 않은 큰손이기 때문이다.

하지만 미다스는 말 그대로 투자계에서 괴물로 통하는 인물이다.

"정치자금을 받아 내려고 하는 거라면 그냥 적당히 내는 것은 어떨까요? 솔직히 그게 한 국가와 싸우는 것보다는 훨씬 나을 듯한데요. 대한민국의 대통령에게 100억쯤 기탁하면 이런 문제는 안 생길 겁니다."

노형진은 피식 웃었다. 로버트 역시 유민택과 똑같은 소리를 했기 때문이다.

물론 그것도 방법이다.

매년 준다고 해도 그건 노형진에게 그다지 부담이 되지 않을 만한 금액이다. 재산이 조 단위가 넘으니 매년 100억쯤 퍼 준다고 해도 구멍이 나거나 하지는 않는다.

도리어 그들의 후원을 받아서 더 큰 돈을 벌 수도 있다.

"간단하게 생각하면 그렇지요. 하지만 정부에서 원하는 건 정치자금만이 아닐 겁니다."

"네?"

"미다스와 연결해서 돈을 받고 싶다면 가장 확실한 방법은 카우보이 자산 관리와 접촉해서 자신들의 의견을 전달하는 것이지요. 그런데 왜 카우보이 자산 관리에 접촉하지 않았을까요?"

"흠…… 그러고 보니 그렇군요."

미국에서도 돈이 필요해서 유수의 자산가에게 도움을 요청하고자 하면 자신같이 대리를 하는 곳을 통해서 의견을 묻거나 초대장을 보내는 것이 보통이다.

그런데 정작 자신들에게는 접촉이 없었다.

어떻게 보면 자신들을 통해서 요청하는 게 가장 빠른 방법인데 말이다.

"왜 그럴까요?"

"그들이 노리는 건 어쭙잖은 정치자금이 아니라는 거죠."

"어쭙잖은 정치자금이 아니다?"

"네."

"그럼?"

"요즘 세상에서 돈이 되는 게 뭐겠습니까?"

"아!"

로버트는 노형진이 무슨 말을 하는지 바로 알아차렸다.

그들이 원하는 것. 그건 다름 아닌 투자 정보라는 사실을 말이다.

"미다스는 한 번도 실패한 적이 없습니다. 그리고 그 수익률은 점점 늘어나고 있지요. 최하 세 배, 크게는 열 배 가까이도 있었습니다. 그걸 본 정치인들은 무슨 생각을 했을까요?"

"자기도 그렇게 하고 싶겠지요."

"그렇겠지요."

1억을 넣으면 3억이 돼서 나온다. 한국에서는 30%의 수익만 내도 성공했다고 하는데, 이건 배 단위다.

그 국정원 요원의 기억을 읽으면서 어렴풋하게 알게 된 것. 그건 그들이 노리는 건 결국 돈이 아니라 정보 그 자체라는 것이다.

"그렇다면 이해가 되는군요."

사실 정치자금을 받자고 국정원까지 동원하는 것은 말도 안 되는 짓이기는 하다. 하지만 투자 정보라면 국정원을 동원해서 할 만한 것이다.

"주실 생각입니까?"

"아니요. 그러면 변수가 너무 커집니다."

"그런가요?"

"네."

당장 노형진이 투자한 것은 그게 성공한다는 기억을 하고 있어서였다. 그러나 그건 어디까지나 합당한 수준에서의 말이다.

'국가 단위로 끼어들면 문제가 된다.'

당장 국가 단위로 끼어들게 되면 배당금도 작아질 뿐만 아니라 그걸 운영하는 기업의 마음가짐도 변하게 된다.

더군다나 거기에 대한민국 정부만 투자하는 게 아니다. 당연히 정치인들도 자기 수저를 올릴 테고, 어디선가 새어 나갈 건 당연한 일.

그러면 전 세계가 투자를 하는 셈인데, 그러면 도리어 기업이 망할 가능성이 훨씬 높아진다.

사공이 많으면 배가 산으로 간다는 말은 절대 농담이 아니니까.

"그런가요?"

"네, 정보의 가치가 얼마나 중요한지는 로버트 씨도 잘 아시지 않습니까?"

"그렇기는 하지요."

자신에게 한 번만 정보를 달라고 비는 딜러들은 넘쳐 난다. 친밀감을 이용하기도 하고 뇌물을 주려고 하기도 하고, 이번에 실패하면 퇴출이라면서 읍소를 하기도 한다.

미다스의 정보를 얻는다는 것. 그것은 엄청난 성공을 약속하기 때문이다.

"그렇다면 곤란하군요."

"그렇겠지요."

돈은 주면 그만이지만 정보는 공개되는 순간 그 파급력이 어마어마하다. 도리어 너무나 많은 돈이 몰리는 바람에 기업이 망할 수도 있다.

'그리고 그렇게 되면 사업계가 내가 기억하지 못하는 쪽으로 흘러갈 수도 있어.'

그렇게 된다면 자신이 기억하고 있는 모든 것이 흐트러질 수도 있다.

'최악의 경우, 비트코인이 망할 수도 있다.'

노형진이 노리는 최고의 수익률은 비트코인이다. 그런데 만일 정보가 새어 나가면 비트코인에 투자되어야 하는 돈이 그쪽으로 새어 나가서 비트코인의 수익률이 생각보다 낮아지거나 최악의 경우 망해 버릴 가능성도 존재한다.

'문제는 국정원이 끼었다는 건데…….'

다른 무슨 사설 정보 집단이나 경호 집단, 폭력단도 아니고 국정원이 끼었다면 그들이 쉽게 미다스를 놔줄 리 없다. 어떻게 해서든 찾아내려고 할 것이다.

'큭…….'

노형진은 생각지도 못한 문제가 자신을 괴롭히자 심각한 고민에 빠지기 시작했다.

"어떻게 하지? 차라리 뇌물을 써? 아니야, 그건 나를 드러내는 일밖에 안 돼."

자신이 드러나면 자신의 정보를 캐내기 위해 온갖 치졸한 방법을 다 쓸 게 뻔하다. 그러니 자신이 드러날 가능성이 있는 방법은 절대로 써서는 안 된다.

"그렇다고 해서 그냥 해외로 갈 수도 없고……."

그러면 자신이야 편하다.

그러나 자신이 살아난 것에 대해 사명감을 가지고 있는 노형진으로서는 그것도 절대 받아들일 수 없는 선택이었다.

"젠장…… 국가 단위의 압력을 어떻게 버티라는 거야?"

노형진은 머리를 부여잡았다.

유민택이 했던 말이 새삼스럽게 느껴지는 노형진이었다.

절대로 한국에서는 국가의 압력에서 벗어나지 못한다는 말.

'그렇다고 내가 미국 시민권자가 될 수는 없고.'

그건 결국 한국을 버린다는 뜻이다.

'미국…… 응? 미국?'

순간 노형진의 머릿속에서 뭔가 스치고 지나갔다.

"그래, 미국!"

미국은 전 세계에서 가장 강대국이다. 그리고 현재 한국에서 정권을 잡고 있는 정당이 가장 무서워하는 상대이기도 하다.

정권의 핵심이 현직 VIP를 대상으로 코어까지 미국 편이라고 말할 정도로, 그들은 미국의 말이라면 절대적으로 따르면서 움직였다.

"그래! 미국에서 날 보호한다면…….”

미국에서 자신을 보호한다면 현재 한국 정부의 특성상 절대로 자신을 건드리려고 하지 않을 것이다.

"그런데…… 크윽, 그게 문제네.”

문제는 미국 역시 어찌 되었건 국가라는 것.

그들이 정보를 원할 수도 있고, 설사 자신의 투자 정보를 원하지 않는다고 해도 그들에게 자국민도 아닌 다른 나라의 국민을 보호해 달라고 하려면 그에 상응하는 뭔가를 줘야 한다.

'젠장…… 뭘 수로?'

노형진은 머리를 부여잡았다.

돈을 준다고 해 봤자, 터무니없는 소리다. 한국에서 2조 단위의 갑부라고 하면 순위에 들 정도로 부자이기는 하지만 미국에서는 그 정도 부자가 없는 게 아니며, 자신과 다르게 적극적으로 정치에 손대고 있다.

그렇다고 미래의 정보를 준다?

그리되면 자신이 미래에 대한 지식을 알고 있다고 실토하는 꼴이니 미국 정부라면 그걸 아는 순간 주변의 눈과 상관없이 자신을 납치할 게 뻔하다.

'그렇다고 그냥 도와 달라고 할 수도 없잖아?'

한국이라는, 아니 한국의 정치인들과 국정원을 막을 수 있는 유일한 집단은 미국뿐인데, 그들에게 도움을 청할 수 있는 마땅한 방법이 없다는 사실에 머리를 부여잡고 고민하는 노형진.

"끄응, 미국이 군침을 흘리면서도…… 나한테 영향을 주지 않을 게 필요한데……."

노형진이 그렇게 고민을 하는 그때였다.

똑똑. 문을 두드리는 소리.

노형진은 일어나서 호텔 문에 달려 있는 렌즈로 바깥을 바라보았다. 웬 시커먼 정장을 입은 남자 세 명이 서 있는 것이 보였다.

"노형진 변호사님, 대사관에서 나왔습니다."

"대사관?"

"네, 한국에서 여기까지 오셨다기에 도움을 드리고자 왔습니다."

노형진은 열이 확 났다.

'언제부터 너희들이 그렇게 일을 잘했다고.'

한국 대사관의 악명은 엄청나다.

단순히 한국인 사이에서만 그런 게 아니라, 다른 나라의 국민들조차 자국에 놀러 온 한국인에게 대사관에 어떠한 도움도 바라지 말라고 말할 정도로 그들은 무능하고 일 안 하는 것으로 유명하다.

그런데 그런 그들이 멀쩡하게 혼자 온 노형진을 도와주러 직접적으로 왔다? 그건 말도 안 되는 개소리다.

"노 변호사님, 문 좀 열어 주십시오."

"끄응……."

솔직히 그들과 엮이고 싶지 않았지만 어찌 되었건 대사관에서 나온 사람들이다. 그러니 무조건 안 만난다고 할 수는 없었다.

철컥.

문이 열리자 안으로 들어오는 세 사람.

들어오라는 말도 없었지만 그들은 거리낌이 없었다.

"대사관에서 여기까지 어쩐 일이십니까?"

"노형진 변호사님을 도와드릴까 해서 왔습니다."

"절 도와줘요?"

"네, 한국에서 중요한 손님이 오셨는데 당연히 도와드려야지요."

"중요한 손님은 아닙니다만."

"아닙니다. 노형진 변호사님은 한국의 주요 재원 아닙니까?"

히죽거리면서 웃는 남자의 면상을 노형진은 그대로 후려치고 싶었지만 차마 그럴 수가 없다는 것에 속이 상할 뿐이었다.

"전 개인적인 사정으로 온 겁니다. 공적인 업무와는 상관이 없는데요?"

"그렇다고 해도 경호는 받으셔야지요. 미국이 얼마나 위험한 나라인데요. 하루에도 몇 명씩 죽어 나가는 나라가 미국입니다. 총기 사고는 관광객을 피해서 벌어지는 게 아니라서요."

우려인지 아니면 협박인지 모를 말을 하는 중앙의 남자.

노형진은 그를 보다가 일단 그들에게 소파를 권했다.

"뭐, 딱히 드릴 것은 없고, 물이라도 드시겠습니까?"

컵을 꺼내서 물을 따라 그들에게 건네는 노형진.

그러면서 슬쩍 기억을 읽어 그들의 정체를 어렵지 않게 알아낼 수 있었다.

'화이트 요원이네. 그럴 줄 알았지.'

국정원 직원은 두 가지 타입이 있다.

하나는 블랙 요원이라고 하는 일종의 스파이들.

이들은 사람들이 생각하는 일반적인 스파이들이며, 발각이 되거나 죽어도 공식적으로 국가는 그들에 대해 부정한다. 그렇기 때문에 그들은 절대로 알려지지 않는다.

그에 반해 화이트 요원은 대외적으로 활동하는, 알려진 스파이들이다.

국정원은 스파이 집단임과 동시에 외교 문제도 챙겨야 하는 집단이기 때문에 그 업무를 화이트 요원이 하며, 일반적으로 대사관에서 무관으로 활동하는 경우가 많다.

'화이트 요원까지 보냈다. 거리낄 게 없다 이건가? 아니, 경고에 가깝겠군.'

지금쯤이면 도청 장치가 발각된 것을 알았을 것이다. 그런 상황에서 노형진이 들어왔으니 대놓고 겁주려는 것이다.

이런 상황이 아니라면, 아무리 화이트 요원이라고 하지만 국정원 요원을 자신에게 보내 줄 이유가 없다.

"전 경호 팀이 따로 있습니다만?"

"한국에 있지요."

"여기서도 제가 고용할 수 있습니다. 제 재산이 1천억이 넘습니다."

공식적인 재산을 이야기하면서 경호는 필요 없다고 말하는 노형진.

하지만 그들은 물러날 생각이 없었다.

"외국인 경호원들이 얼마나 실력이 있다고 말씀하시는 겁니까? 아무리 그래도 한국인만 하겠습니까?"

'지랄한다.'

노형진은 피식 웃었다.

자신은 양쪽 다 겪어 봤다. 그렇기에 외국인 경호원이 더 실력이 좋다는 것을 알고 있었다.

한국의 국정원 요원은 근접 경호 작전 같은 건 거의 하지 않기 때문에 근접 경호 실력은 형편없다. 주요 근접 경호는 대통령 경호실에서 다 하기 때문이다.

"전 괜찮습니다. 저 말고 진짜 도움이 필요한 사람들을 도와주십시오."

노형진은 돌려 말하면서도 슬쩍 핵심을 찔렀다.

국민을 도와주지 않는 것으로 유명한 대한민국 대사관을 돌려서 깐 것이다.

"그건 저희가 충분히 하고 있습니다."

듣고 있던 커다란 덩치의 남자가 불만스러운 표정으로 말했다.

'기분은 나쁘다 이건가?'

일 안 하는 걸 정곡으로 찔렸으니 기분 나쁠 수밖에 없기는 하다.

"전 상관없습니다. 물론 필요하다면 대사관의 도움을 요청하도록 하지요. 하지만 아직은 그럴 필요는 없을 것 같네요. 개인적인 여행인데요, 뭘."

저들이 자신을 보호, 아니 감시하려는 목적은 하나뿐이다. 자신이 미다스인지, 최소한 가까운 사람인지 확인해 보기 위해서다.

"안 좋은 일이 생길지도 모릅니다만?"

은은히 노기를 띤 목소리로 협박하는 요원.

한두 번 겪어 본 게 아니라는 행동이었다.

'나 역시 그런 행동을 한두 번 겪어 본 게 아니거든!'

죽기 전까지 협박은 일상이었던 삶을 살았다. 그러니 이런 협박 같지도 않은 협박에 물러날 노형진이 아니었다.

"위험한 곳에 갈 생각은 없으니 걱정하지 않으셔도 됩니다."

노형진이 그렇게까지 말하자 그들은 할 말이 없었다.

눈치가 없는 건지, 아니면 진짜로 자신들에 대해 모르는 건지, 다 알면서 그러는 건지, 그들로서는 판단할 수가 없었기 때문이다.

"이만 쉬었으면 좋겠네요."

"하지만 노 변호사님, 아무래도 안전을 위해서는 대사관으로 가시는 것이……."

"아니요. 개인적인 일을 하러 온 거니까 그렇게까지 해 주지 않으셔도 됩니다. 여러분의 노고에 감사하지만요."

명백한 축객령이 떨어지자 그들은 어쩔 수 없이 그곳을 나올 수밖에 없었다.

그들의 얼굴에서는 은은한 분노가 느껴졌지만 노형진은

그런 것쯤은 아주 깔끔하게 무시했다.

"일은 더럽게 안 하면서 이권이라면 그냥 침 질질 흘리면서 덤비는 꼴 하고는."

노형진은 그렇게 말하다가 냉장고에서 시원한 콜라를 꺼내서 쭈욱 들이켰다.

"캬, 시원하다! 망할 놈들, 스파이면 스파이답게 활동하든가."

노형진은 빈 깡통을 쓰레기통으로 슛하는 모양으로 집어 던졌다.

하지만 그 깡통은 가까운 거리임에도 불구하고 쓰레기통에 들어가지 못하고 바닥을 나뒹굴었다. 마지막 순간에 정신이 흐트러졌기 때문이다.

하지만 노형진은 거기에 신경 쓸 겨를이 없었다. 그의 머릿속에서 해결책이 스치고 지나갔기 때문이다.

"그래, 스파이! 그거면 해결할 수 있어!"

노형진은 딱 소리가 나게 손바닥을 부딪쳤다.

이 상황을 해결할 수 있는 가장 확실한 방법이 생각이 난 것이다.

제임스 본드는 없다

"누구요?"

"나시르 고와디라는 사람에 대해 알아봤으면 합니다."

"그 사람이 누군데요?"

"기술자입니다."

"기술자요?"

"네."

"아니, 기술자를 왜……?"

"어쩌면 그가 지금 상황을 뒤집을 수 있는 확실한 카드가 되어 줄지도 모른다고 생각해서요."

"네?"

"그냥 알아봐 주세요. 지금쯤이면 뉴욕에 있을 겁니다."

"그거야 어렵지 않지만……."

로버트는 노형진의 말에 고개를 끄덕거렸다.

노형진은 바로 다음 작전을 생각하기 시작했다.

'지난번에는 미국이 스파이를 잡는 데 실패했지. 나시르가 생각보다 빨랐기 때문이야. 하지만 내가 그들을 돕는다면?'

그렇다면 미국은 충분히 자신을 도울 것이다.

'나시르 양반, 어차피 조만간 잡힐 거니 섭섭하게 생각하지 말라고.'

나시르 고와디는 노형진이 기억하는 중요한 사건의 피고인 중 한 명이었다. 자신이 그걸 담당한 건 아니었지만 법조계가 발칵 뒤집힌 사건이었기 때문에 충분히 기억하고 있었다.

'인도 사람인데 중국 스파이라.'

나시르 고와디는 미국의 스텔스 전투기 개발계획에 참여한 과학자 겸 기술자였다.

그는 중국의 사주를 받고 스텔스 전투기에 관련된 주요 기밀을 빼돌려서 중국이 J-20이라는 전투기를 만드는 데 혁혁한 공을 세운다.

물론 그게 발각되면서 미국으로부터 스파이 혐의로 무려 60년 형을 선고받았지만 말이다.

그러나 애초에 중국은 그를 도와줄 생각이 없었다. 필요한 정보는 다 얻었다고 생각했기 때문이다.

'하지만 실수였지.'

중국은 J-20, 속칭 젠-20을 완성했다고 자랑했지만 애초에 원하던 성능은 나오지 않았다. 나시르가 핵심 기술을 넘기기 전에 잡혀 버렸기 때문이다.

'그 때문에 중국은 스텔스 전투기를 개발하는 데 20년이 넘게 더 걸렸지.'

그나마도 미국산보다 성능이 떨어지는 놈들로 말이다.

'그들이라면 협상할 수 있어.'

미국은 중국이라는 가상의 적국에 대해 무척이나 신경을 많이 쓰고 있고 자신들의 기술이 그들에게 넘어가지 못하게 하려고 발악하고 있었다.

물론 반대로 중국 역시 미국의 기술을 빼 오기 위해 노력하고 말이다.

'그런데 정작 나시르는 잡았지만 관련된 자들은 튀었지.'

나시르는 원래 스파이가 아니었다. 그저 돈에 혹해서 넘어간 멍청이였을 뿐이다.

그러나 미국에서 그들을 알아차리고 잡으려고 했을 때 관련된 자들은 모조리 튄 후였고, 오로지 나시르만 남아 있었다.

'그들을 잡게 해 준다면……'

안 그래도 미국은 중국이 젠-20을 개발하고 있다는 소식에 무척이나 예민하게 반응하고 있다.

그러니 만일 지금 나시르가 잡힌다면 중국은 스텔스 전투기 개발에 20년이 아니라 30년이 더 걸릴 수도 있고, 어쩌면 아예 개발 자체를 못 할 수도 있다.

'아직 미국은 나시르에 대해 모른다.'

그리고 이건 미국이 자신을 보호하게 할 수 있는 기회가 될지도 몰랐다.

'그렇다면…….'

다만 확실한 것은, 이 모든 일을 할 때 미국 정부와 자신을 이어 줄 일종의 다리가 필요하다는 것이다.

자신이 스파이 명단이라고 가지고 간다 해서 그들이 믿어 줄 리 없기 때문이다.

'그리고 내가 아는 사람이 한 명이 있지, 후후후.'

노형진은 회귀 전의 기억을 더듬어 자신을 도와줄 사람을 떠올렸다.

⚖

컴컴한 밤, 차량이 거의 다니지 않는 도로.

그 옆으로는 화려한 복장을 한 여성들이 길게 늘어서 있었다.

한 대씩 지나가던 차량들은 자신의 마음에 드는 여자 앞에서 '빵' 하고 소리를 내면서 존재를 과시했고, 그 소리에 여자는 웃으면서 다가갔다.

"저랑 놀래요?"

여자가 차량에 기대어서 말하자 남자는 손을 까닥였고, 여자는 그 차에 타고 그곳을 떠났다.

'여전하네.'

노형진은 컴컴한 골목을 보면서 피식 웃었다.

성매매는 인류의 가장 오래된 직업이라고 하며 또 가장 없애기 힘든 직업이라고 한다. 한국에는 홍등가가 있듯이, 여기가 바로 여자들을 건져서 성매매를 하는 곳이다.

부르릉.

노형진은 차량을 끌고 그곳을 천천히 지나갔고, 여자들은 자신들이 할 수 있는 가장 섹시한 포즈를 잡으면서 운전자를 유혹하려고 했다.

그렇게 한참을 가던 노형진은 벽에 기대어서 담배를 피우던 금발의 여성에게 다가갔다.

빠아앙.

경적이 울리자 금발의 여자는 피곤한 얼굴로 다가와서는 열린 창문으로 가슴을 드러내면서 기대며 안쪽을 바라보았다.

그러나 그녀의 입에서 들린 말은 일반적인 여성과는 다른 말이었다.

"꺼져."

어떻게 해서든 유혹을 해서 거사를 치르려고 하는 자들과 다르게 그녀는 노형진을 보자마자 꺼지라고 손짓한 것이다.

그리고 바로 몸을 돌려서 다시 자신의 자리로 가려고 하는 찰나였다.

"혹시 누드모델 해 줄 생각 없어요?"

"뭐라고?"

"누드모델 말입니다. 시간당 100달러 드리지요."

여자는 어이가 없다는 얼굴이 되었다. 하지만 순간 심각하게 고민하는 빛 또한 스쳐 갔다.

"여기에 계속 있어 봤자 기다리는 손님은 안 올 텐데요?"

"뭐라고?"

"아니면 여기서 이상하게 손님을 거절하는 여자가 있다고 소리 한번 질러 볼까요?"

여자는 얼굴을 찌푸리더니 결국 노형진의 차에 올라타서는 문을 쾅 소리 나게 닫았다.

"자, 그러면 갑시다."

"너 도대체 뭐야? 어떻게 우리 접선 암호를 아는 거야?"

누드모델을 해 달라는 것.

그것은 이곳을 이탈하라는 일종의 암호다.

세상에 어떤 미친놈이 여기서 누드모델을 구하겠는가? 그런데 그걸 노형진이 말한 것이다.

"그냥 정보에 대해 좀 아는 사람이라고 말씀드리지요, 로라 윈스턴 요원."

심지어 자신의 이름도 안다는 사실에 로라는 얼굴이 사색이 되었다.

슬며시 자신의 허벅지 안쪽 은밀한 곳에 붙어 있는 총으로 손을 뻗는 그녀.

노형진은 그런 그녀를 그냥 둔 채 조용히 말했다.

"어차피 여기서 못 잡을 거 아시지 않습니까?"

"뭐?"

"애초에 여기에는 대상이 없어요. 그러니까 변변한 지원도 없이 당신을 보냈지요. 안 그런가요?"

"젠장."

로라는 욕설을 하면서 손을 허벅지에서 떼어 버렸다.

내부 사정을 이렇게 잘 아는 사람이라면 일단 자신이 노리던 마피아는 아닐 거라 생각한 것이다.

"너 뭐야?"

"당신의 조력자, 또는 구원자라고 할 수 있지요."

"조력자?"

"네, 당신의 인생을 바꿔 줄 사람."

로라는 입을 다물었다.

국토안보부에 들어온 후 그녀는 철저하게 무시당하고 있었다.

흔하지 않은 여성이라는 점, 그리고 아버지가 현재 FBI 부국장이라는 점 때문에 실력이 아니라 백으로 들어왔다는 의심을 받고 있어서였다.

"당신이 실력이 있다는 건 알고 있습니다. 하지만 그걸 발휘할 기회는 없었지요."

"그래서?"

"그 기회를 당신에게 줄 수 있습니다."

"허, 네가 뭔데?"

"당신의 구원자라니까요."

"헛소리하네."

"그렇게 생각하신다면 내려서 다시 돌아가시면 됩니다. 그리고 언제 올지도 모르는, 테러범으로 의심되는 이슬람 남성이 올 때까지 거기서 그렇게 매춘부 흉내를 내면서 있으시든가요. 그런데 거기 있던 갱단이 좋게 보지 않는 것 같던데요?"

"큭."

이런 식이다.

물론 테러범을 잡는 것이 딱딱 되는 건 아니지만 자신에게 배당되는 것은 터무니없거나 위험한 정보뿐이다.

"갱단이 바보도 아니고, 몇 시간 동안 손님을 받지 않는 여자를 의심하지 않겠습니까?"

"손님이 거절할 수도 있잖아."

"자기 얼굴에 대한 자각은 있죠? 참 잘도 그렇게 생각하겠습니다."

"끄응⋯⋯."

로라는 할 말을 잃어버렸다.

확실히 자신은 미국인들이 좋아하는 전형적인 금발에 벽안을 가진 미녀다. 더군다나 늘씬한 몸매에 큰 가슴까지 가진 모델 같은 모습을 하고 있다.

그런데 그런 여자를 손님들이 거절한다?

"당신 수준의 여성을 만나려면 길거리가 아니라 전문 에스코트 서비스를 불러야 합니다. 그건 아시죠?"

에스코트 서비스는 미국 매춘의 한 방식으로, 훨씬 고가의 서비스를 제공한다. 당연히 여성들 역시 무척이나 아름답다.

"젠장…… 알았다. 알았다고."

어차피 자신이 감시할 뿐 지원도 없다. 그러니 자신이 이탈한다고 해서 뭐라고 할 수도 없을 것이다.

'망할 것들.'

원래 규정상 이런 것은 절대적으로 지원이 있어야 한다. 그런데 동료라는 인간들은 지원도 없이 그녀를 그곳에 던져둔 것이다.

사실상 왕따를 시킨 것이다.

그러니 다른 사람도 아닌 요원인 로라가 그 사실을 모를 리 없다.

"그러면 조용한 곳으로 가 볼까요?"

"엉뚱한 행동을 하면 네놈 사타구니를 날려 주마."

"걱정 마세요. 저도 제 사타구니가 소중하니까요."

노형진은 회귀 전의 그녀와의 추억에 대해 생각하면서 미소를 지었다.

'예나 지금이나, 아니 미래구나. 하여간 성격 지랄 같은 것

은 여전하네.'

국토안보부의 주요 멤버 중 한 명인 그녀는 현재는 그저 초보일 뿐이다. 그렇기 때문에 이렇게 구석으로 몰린 채 이를 박박 갈고 있었다.

더군다나 성격이 좋다고 볼 수는 없기 때문에 회귀 전까지 결혼은 하지도 못했다. 남자 동료들에게 당한 게 워낙 많아서 남자들에게 너무 적대적인 것이 문제였다.

그나마 노형진과는 일을 하면서 친해지기는 했지만, 서로 친구 이상일 수는 없었다.

노형진도 드센 여자는 딱 질색이었고, 그녀의 이상형은 변호사가 아니라 프로레슬러 타입이었으니까.

문제는 그녀의 격투 실력이 너무 뛰어나서 프로레슬러도 실려 나갈 판국이라는 거.

"이야기하기 좋네. 그래서 하고 싶은 게 뭔데?"

좀 떨어진 공원에서 그녀는 의심의 시선을 떼지 못하고 노형진을 바라보았다.

거리는 살짝 두고, 여차하면 권총을 꺼낼 수 있는 포즈를 취한 채로 말이다.

"간단합니다. 난 당신에게 정보를 제공하고 당신은, 아니 미국 정부는 나에게 보호를 제공하는 거죠."

"뭔 개소리야?"

"아버지가 FBI 부국장 아닙니까? 그 정도 선은 댈 수 있을 텐데요?"

"아버지는 아버지이지, 내가 아니야."

화를 내는 로라.

그럴 수밖에 없는 게, 자신이 낙하산이라는 오해를 받는 가장 큰 이유가 바로 아버지라는 존재 때문이다. 그녀는 시험을 봐서 당당하게 들어왔는데 다들 아버지라는 존재 때문에 그녀가 낙하산이라 생각하는 것이다.

"아, 물론 당신이 낙하산이라는 소리는 아닙니다. 하지만 국토안보부에서 일하니까 시스템이 어떻게 돌아가는지는 아실 텐데요?"

"으음……."

모든 것은 법적으로 돌아가는 게 아니다. 가끔은 초법적으로 돌아가기도 한다.

특히나 테러범이나 국가에 해가 되는 행위에 대한 정보를 얻기 위해서는 상대방에게 그에 상응하는 대가를 지불해야 한다. 그러지 않으면 누구도 정보를 주지 않는다.

"저는 미국의 보호를 원하고 당신들은 중요한 정보를 원하죠. 그러니 서로 윈윈이라고 생각합니다만?"

"미국 국적이라도 달라는 거야 뭐야?"

"아닙니다. 그렇게 쉬운 거면 얼마나 좋겠습니까만, 제가 원하는 것은 국정원으로부터의 보호입니다. 정확하게는 그들에게 정보 공작을 해 주는 겁니다."

"국정원?"

로라도 아는 곳이다.

동방에 있는 대한민국이라는 나라에 있는 정보기관으로, 그다지 실력 있는 곳은 아니라는 것이 일반적인 평이다.

"뭐, 범죄자라도 되는 거야? 북한에서 온 건가?"

북한이라면 곤란하다. 북한은 미국으로서도 적성국이니까.

"아닙니다. 전 한국인입니다. 하지만 국정원이 절 캐고 다녀서요."

노형진이 사정을 설명하자 로라는 대충 상황을 이해했다. 흔하게 벌어지는 상황이기 때문이다.

"그러니까 제가 부탁드리는 것은 미다스라는 존재에 대한 은폐입니다."

"그게 무슨 의미인 줄 알아? 그건 우리뿐만 아니라 CIA도 끼어야 한다는 거라고."

그러면 세 곳이 동시에 정보 공작을 해야 한다.

물론 적당히 조작하면 미다스라는 존재를 일종의 가상의 존재이며 미국 정부가 운영하는 자금 확보 루트인 것처럼 꾸밀 수 있다.

노형진이 노리는 것이 그것이고 국정원, 아니 대한민국이 그렇게 생각하면 미다스라는 존재에 관심을 끊을 수밖에 없다. 미국의 비밀 자금 확보 루트를 건드려 봤자 좋을 게 없으니까.

이것이 법이다

"압니다. 그러니까 그에 맞는 정보를 드리려고 하는 거죠."

"뭔데?"

"안 해 주시는 겁니까?"

"알아야 해 주지. 뭔지 알아야."

노형진은 빙긋 웃으면서 입을 열었다.

그 말을 들은 로라는 놀라서 어느 때보다 눈이 커지면서 입을 떡 벌리고 말았다.

⚖

"그 말이 사실이냐?"

"네, 아빠. 자신이 그들이 누군지 확실하게 알고 있대요."

"음……."

FBI 부국장인 샘 윈스턴은 심각하게 고민에 빠졌다.

"미국 내에 있는, 스텔스 전투기 관련 중국 스파이 집단이란 말이지."

"네."

"큰 건이기는 하군."

안 그래도 F-22와 F-35 관련 기밀이 계속 중국으로 넘어가고 있어서 미국 정보부는 무척이나 짜증이 난 상태였다.

그래서 여기저기 캐고 다녔지만 상대방이 누군지 확실하게 알 수가 없어서 도리어 자신들을 의심하느냐며 중국 정부로부터 항의만 받을 뿐이었다.

"망할 중국 놈들."

샘은 이를 박박 갈았다.

그들은 미국 내 중국인 스파이가 없다고 주장하지만 그건
말도 안 되는 개소리라는 것을 누구나 다 안다.

하물며 미국도 중국에 스파이를 심는데 중국 스파이가 미
국 내에 없을 리 없다.

"그리고 자신의 보호가 조건이고?"

"네."

"믿을 만한 거냐?"

"조심해서 좀 알아봤어요. 일단 노형진이라는 변호사는
한국에 존재하는 유명한 변호사가 맞아요. 본인과 얼굴이 같
은 것도 확실하고요."

"그리고?"

"얼마 전 정부에서 그에게 정치자금을 요구했다는 증거도
나왔어요. 하지만 전략실에서는, 현 정부의 성격상 돈보다는
투자 정보를 노릴 가능성이 높다는 판단을 하고 있고요."

"거기서 벗어나고자 한다 이거지."

"네."

"잠시만 기다리거라."

샘은 어디론가 전화를 했고, 잠시 후 그의 보안 메일로 한
통의 전자메일이 도착했다. 열어 보니 호텔로 들어가는 대사

관 직원들의 사진이 찍혀 있었다.

"이건?"

"대사관에 있는 국정원의 화이트 요원들이다. 얼마 전에 움직이더구나. 이유를 알지 못해서 일단 그냥 뒀는데, 노형진이 있던 곳이 여기인가 보군."

화이트 요원이 된다는 것. 그것은 쉽게 말해서 상대방에게 자신의 신분이 드러난다는 뜻이다.

당연히 미국은 그들을 감시한다. 물론 동맹국이니 아주 치밀하게 감시하지는 못하지만 최소한 어디로 가는지 동선은 알 수 있다.

"여러 가지 정보를 보고 판단했을 때 그 녀석의 말이 사실일 가능성이 높군."

"그러면?"

"하지만 우리가 정보 없이 움직일 수는 없다. 너도 알다시피 그런 공작을 하려면 CIA도 필요해. 그런데 그 녀석들이 그냥 물러날 리 없지."

"일단 자료를 먼저 꺼내야 한다는 건가요?"

"그렇지."

"전 지원이 없어요."

"흠……."

자신의 딸이 국토안보부에서 어떤 취급을 받는지는 샘도 알고 있다. 그러니 무작정 그녀에게 맡길 수는 없는 노릇이다.

"그건 내가 좀 도와줄 수 있겠구나."

부국장이라고 하지만 어느 정도 요원을 동원할 수 있는 능력은 된다. 그러니 영구적인 것은 아니더라도 잠깐은 도와줄 수 있다.

"문제는 그 관련 서류가 어디 있느냐는 거다."

"그 부분은 노형진이라는 사람이 안다고 한다던데요?"

"그래?"

샘은 기대에 찬 얼굴이 되었다.

⚖️

"누구?"

"샤이렁이라는 중국인 갱단에 있습니다."

"무슨 말도 안 되는······."

"말이 안 되긴요. 설마 중국이 그런 정보를 대사관에 두고 관리할 것 같습니까?"

"······."

물론 어떻게 보면 가장 안전한 곳이 대사관이기는 하지만 반대로 가장 관심을 받는 곳도 대사관이다. 스파이들이 대사관을 기준으로 움직이면 상대방의 시선을 피할 수가 없게 된다.

"샤이렁은 공식적으로 차이나타운을 지배하는 황룡의 대표이지만 비공식적으로 미국의 스텔스 전투기 제작 기술을 빼내기 위한 스파이 조직의 리더이기도 합니다."

"하지만 그거 엄청나게 위험한 거 아냐?"

만일 경찰이 그곳을 습격하면 모든 증거가 넘어갈 수밖에 없기 때문이다.

"그렇기 때문에 안전한 거죠."

"뭐라고?"

"경찰에 확인해 보면 알겠지만, 황룡이 생긴 후에 차이나타운의 치안은 급격하게 좋아졌을 겁니다."

"응?"

"갱단이라고 해서 다 막장이 아닙니다. 공식적으로 황룡은 갱단이라기보다는 자경단처럼 운영됩니다."

물론 갱단인 만큼 중국인의 주요 수입원인 불법 도박장을 운영하거나 반대파 조직을 공격하기도 하지만, 그것 말고는 크게 문제를 일으키는 것이 없다.

"황룡은 생긴 지 1년 만에 지역에 있던 모든 군소 갱단을 제압하고 해당 지역을 손에 넣었습니다. 그런데 그 와중에 경찰과 심각한 마찰이 벌어질 수 있는 마약 사업이나 납치, 강도 등의 범죄에 대해서는 손을 떼어 버렸지요."

"음……."

"황룡의 최대 수익원은 불법 도박장입니다. 그 아래에 중식당들이 몇 개 있기는 하지만요."

그리고 경찰은 그 정도로는 황룡 같은 갱단을 건드리려고 하지 않는다.

"황룡은 경찰의 시선을 피하면서 스파이 짓을 한다 이건가?"

"네."

경찰과 트러블을 일으키지만 않는다면 그들이 황룡의 본거지를 습격할 리 없다.

"애초에 본거지를 습격한다고 해도, 거기는 그냥 일반적인 갱단의 본거지일 뿐입니다."

"그러면 스파이들의 본거지는 따로 있다 이건가?"

"네."

공식적으로 그곳은 황룡의 보호를 받는 수많은 가게 중 하나일 뿐이다. 하지만 그럼으로써 완벽하게 역할을 하는 셈이다.

"황룡은 그들을 보호한다는 명목하에 무력을 동원할 수 있지요. 그러나 그 가게는 엄밀하게 말하면 황룡과 전혀 다른 지역의 상가이기 때문에, 경찰이 황룡을 털어도 건드릴 이유가 없고요."

"큭, 망할 옐로 몽키 녀석들."

"인종차별은 안 좋은 겁니다."

로라가 화를 내자 노형진은 장난삼아 말했다. 그러자 그게 거슬렸는지 그녀는 그를 무섭게 노려보았다.

"그래서 뭐? 어쩌라고? 무작정 털어? 그게 가능할 것 같아?"

현행법상 불법으로 취득한 증거는 그 효과가 인정되지 않는다. 그 가게를 턴다고 해도 의미가 없는 것이다.

"아니요. 그럴 수는 없습니다."

"뭐?"

"그곳에는 소각로가 설치되어 있습니다. 만일 동의받지 않은 접근이 감지되면 그곳에 있던 모든 자료들과 증거들은 모조리 자동으로 소각됩니다."

단순히 소각되는 정도가 아니다. 소각되어 버린 재도 어느 정도의 과정만 거치면 알아볼 수 있기 때문에, 그마저도 자동으로 분쇄되어서 더 이상 손대기 불가능하게 만들어 버린다.

'그것도 모르고 들이닥쳤다가 모조리 도망갔지.'

"그러면 어떻게 하라고? 우리가 잡을 수가 없잖아?"

명단이나 자료가 그곳에 있다면 자신들이 접근하는 순간 모조리 소각될 것이 뻔한 일이다.

"영장을 받아도 결과는 같을 테고……."

"황룽의 조직원이나 가게 주인을 잡아서 족쳐야 하나?"

"소용없을 겁니다."

"뭐라고?"

"가게 주인은 말 그대로 그냥 가게 주인입니다. 중국 정부의 압력 때문에 가게를 빌려준 것뿐이지, 접근 권한은 없습니다. 접근 권한이 있는 것은 샤이링을 포함한 세 명뿐이지요."

"젠장."

그렇게 되면 그 세 명 중 한 명에게서 접근 암호를 알아내야 한다는 것인데, 중국 스파이 조직은 결코 바보가 아니다.

"그 녀석들의 신변에 이상이 생긴다면 자동으로 자료는 폐기되겠지?"

"네."

"그럼 어쩌라는 거야?"

어떻게 그 안에 대한 자세한 정보를 얻었는지는 알 수가 없다.

노형진이야 워낙 시끄러운 사건이었으니까 기억하고 있지만 아직 이들은 스파이 조직의 존재 자체도 모르고 있었다.

"그런데 최근에 접근 코드를 받아 낸 사람이 한 명 더 있습니다."

"더 있다고?"

"네, 나시르 고와디라는 녀석입니다."

"그 녀석은 왜?"

"신분상 스텔스 전투기 자료에 접근할 수 있는 녀석입니다. 즉, 자료를 빼 오는 역할을 한 거지요. 그리고 그걸 가져다주기 위해 접근 코드를 받았습니다."

"그러면 그 녀석은 문제없이 접근할 수 있는 거야?"

"네, 그리고 그는 직업적 특성상 중국 스파이단의 감시에서 벗어나 있습니다."

"하긴…… 스텔스 기술 같은 기밀에 접근할 수 있다는 건……."

반대로 말하면 그만큼 그가 일하는 곳이 감시 대상이라는 소리다.

아무리 중국인들이 도처에 깔려 있다고 해도 그 내부에서 일하는 사람을 감시할 수는 없다.

"그러면 그 녀석 코드를 알아내서 들어가면 되겠네?"

누군가 속 편하게 말했다. 노형진은 피식 웃었다.

'그렇게 쉬우면 얼마나 좋아?'

그러나 그건 실패한다.

회귀 전에 그렇게 했다가 모든 자료가 소각되어서 중국 스파이 조직을 잡지 못했던 것이다.

"그럼 어쩌자는 거야?"

황룡 소속의 녀석들이 스파이라면 잡힌다고 해도 접근 코드를 줄 리 없다.

아니, 애초에 잡히는 순간 모든 자료는 폐기될 것이 자명했다.

"그러니까 우리는 나시르를 체포하는 게 아니라 그의 생체 정보 카드 키를 얻어야 합니다. 그 후에 모든 걸 진행하면 됩니다."

"그거야 어렵지 않은데."

첩보를 하다 보면 가장 많이 만나는 보안장치 중 하나가 바로 생체 보안이다. 지문이나 망막 등 말이다.

지문이야 그들이 모르고 버리는 쓰레기에서 얻으면 되는 것이니 어려울 게 없고, 망막 같은 것은 적당한 핑계를 대서 복제하면 그만이다. 문제는 그 문에 접근하는 것.

"황룡이 바보도 아니고, 우리가 접근하는 걸 그냥 두겠어?"

"아마 모를 겁니다."

"뭐?"

"우리는 위가 아니라 아래에서 접근할 거거든요."

노형진의 말에 다들 입을 쩍 벌렸다.

나시르 고와디는 피곤한 몸을 이끌고 퇴근을 준비했다.

"이 짓도 빨리 때려치우든가 해야지."

일이 힘든 건 참을 만하다. 하지만 중국에서 요구하는 대로 자료를 구하는 것은 쉬운 일이 아니었다.

자신의 부서와 관련이 있다면 그나마 슬쩍 복제해서 보낼 수 있지만 전혀 관련이 없는 부서의 일인 경우 상당한 고생을 해야 하기 때문이다.

'그래, 조금만 참자. 조금만 참으면 된다.'

이미 중국에서 받은 돈이 적지 않다. 그리고 최종 자료만 넘긴 후, 자신은 중국으로 가서 그들의 보호를 받으면서 떵떵거리면서 살면 그만이다.

"어이, 나시르? 오늘은 술 한잔 안 해?"

"요즘은 바빠서 말이지."

"맨날 바쁘다고 하네?"

"어쩌겠어. 우리 일이 그렇지, 뭐."

그는 그렇게 말하면서도 속으로는 심장이 콩닥콩닥 뛰었다. 미리 준비한 초소형 카메라로 찍은 자료가 자신에게 있기 때문이다.

"가방을 좀 봅시다."

퇴근을 위해 입구로 다가가자 자신에게 다가오는 경비원.

"또야?"

"어쩔 수 없지 않습니까? 보안 때문이니 이해해 줘요."

귀찮다는 듯 가방을 건네는 나시르.

"중국 놈들이 어떻게 알았는지 우리 기술을 자꾸 베껴 가니 우리만 귀찮네요."

"그러게 말이야."

서로 툴툴거리면서 가방 검사를 하는 경비원.

입으로 툴툴거릴지언정 그의 눈은 날카로웠고, 작은 볼펜 하나까지 모조리 열어 본 다음에야 다시 가방을 나시르에게 건넸다.

"이상 없네요."

"내가 여기서 일한 게 몇 년인데 꼭 해야 해?"

"사장도 해야 하는데요, 뭘."

"귀찮아서, 원."

"어쩔 수 없죠."

어깨를 으쓱하고 물러나는 경비원을 지나서 퇴근길에 나서는 나시르. 그는 속으로 안도의 한숨을 내쉬었다.

'안 걸렸다.'

퇴근할 때마다 겪는 일이기는 하지만 그렇다고 해도 두려울 수밖에 없다.

아무것도 없다면 모를까, 오늘처럼 자료를 챙겨 나온 날은 더욱더 두려울 수밖에 없다.

"어서 타세요."

버스가 도착하자 사람들은 너도나도 올라타기 시작했다. 오늘은 평소보다 조금 일찍 퇴근해서 그런지 버스에는 생각보다 사람이 많지 않았다.

나시르는 의자에 앉아서 떨리는 심장을 진정시켰다.

'이 짓은 할 때마다 심장이 떨리네.'

그러면서 애써 창문 밖으로 시선을 돌렸다. 왠지 버스 안에 있는 모든 사람들이 자신을 바라보는 것 같은 불안한 느낌 때문이었다.

"어?"

그런데 그의 눈에 들어온 것은 비탈길에서 내달리듯 내려오는 한 대의 승용차였다.

그 뒤에 사람들이 헐레벌떡 뛰어오는 걸 보니 브레이크가 파열되었든지 한 모양이었다.

하지만 중요한 건 그게 아니었다.

"운전기사! 피해!"

멍하니 바라보던 다른 사람이 비명을 지르자 운전기사는 무심결에 옆으로 고개를 돌렸다.

그리고 그제야 자신들에게 달려오는 차량을 발견하고는 기겁하면서 최대한 액셀을 밟았다.

"으아아악!"

끼이이익!

거칠 파열음을 토해 내는 버스.

하지만 스포츠카도 아니고 버스, 그것도 멈춰 있다가 출발한 버스가 낼 수 있는 속력은 뻔했고, 비탈에서 미끄러져 내려온 자동차는 그대로 버스의 옆을 들이받아 버렸다.

쾅!

"끄아악!"

비명과 함께 나시르는 허공을 날았고 그에게 순간적으로 어둠이 찾아왔다.

⚖

"으아악!"

나시르는 비명을 지르면서 자리에서 일어났다. 그리고 주변을 둘러보았다.

"여긴?"

"자, 자! 진정하세요. 여기는 병원입니다."

"으윽."

그는 몸을 일으키려고 했지만 움직일 수가 없었다.

양쪽 다리와 오른손에 두껍게 깁스가 되어 있었던 것이다.

"어떻게 된 겁니까?"

"비탈길에서 미끄러져 내려온 차량이 버스의 측면을 들이받았습니다. 그런데 재수 없게 환자분이 있는 자리를 치는 바람에 크게 다쳤습니다."

"큭."

그는 가슴이 철렁했다. 설마 사고가 났을 거라 생각하지 못했던 것이다.

주변을 둘러보니 같은 버스에 타고 있던 것으로 보이는 환자들이 침대마다 누워서 비명을 지르고 있었다.

"끄으응……."

심한 통증에 나시르는 다시 침대에 누웠다.

그러다가 자신의 복장을 보고 아차 하는 생각에 다시 윗몸을 일으킬 수밖에 없었다.

"제 옷은요!"

"네?"

"제 옷 말입니다! 제 옷하고 가방!"

"그건……."

"어디 있어요!"

"환자분, 진정하세요."

"어디 있느냐고요!"

"저기 옆에 있습니다."

"옆에?"

고개를 돌려 보니 투명한 비닐 백에 피가 묻어 있는 자신의 옷이 뭉쳐진 상태로 들어 있는 것이 보였다.

"치료를 하기 위해 옷을 잘라 낼 수밖에 없었습니다."

의사는 안타깝게 말했다.

하지만 나시르는 도리어 안도의 한숨을 내쉬었다. 설마 크게 문제가 생겼나 했던 것이다.

"나시르!"

그 순간 커튼이 열리면서 들어오는 세 남자.

그들은 나시르를 걱정스러운 눈빛으로 바라보았다.

"몸은 좀 어때?"

"다행히 괜찮습니다."

"조심했어야지."

"차량이 옆에서 들이받을 거라고는……."

하긴, 사고라는 것은 예상하지 못하게 일어나는 것이니까.

그걸 나시르에게 뭐라고 할 수도 없었다.

"이거, 꼴이 이래서 모임 참석은 힘들겠네?"

"아무래도 무리인 것 같죠? 하하하."

나시르는 어색하게 웃으면서 말했다.

이들이 말하는 모임이 친선 모임 같은 것이 아니라는 것은
그도 알고 있었다.

"그나저나 다른 건?"

가장 가까이에 있던 남자가 조심스럽게 묻자 나시르는 자
신의 옷이 들어 있는 비닐 팩을 바라보았다.

"아무래도 저 옷은 못 입을 것 같은데 가지고 가고 새로운
옷을 가져다주시겠어요?"

"그렇게 하도록 하지."

나시르의 부탁에 자연스럽게 피가 묻은 옷을 챙기는 남자들.
그들은 나시르에게 몇 마디 위로의 말을 하고 그곳을 나왔다.

⚖️

같은 시각, 노형진은 한 켤레의 신발을 들고 서 있었다.

"망막은 준비되었고 지문도 준비되었어. 그런데 카드는
뭐야? 지갑에도 없던데?"

로라는 짜증스럽게 말했다.

이 모든 것을 얻기 위해 고의적으로 사고를 냈다. 거기 있
던 사람들은 모두 요원이었고, 진짜 사고였기 때문에 실제로
다친 사람도 있었다.

지문이야 쓰레기에 얻었지만 망막은 사고가 나서 기절한
나시르에게서 얻어야 했기 때문이다.

"황룡 녀석들이 거기에 왔다 갔다는데."

"그럴 겁니다. 그 녀석들도 사고가 고의인지 아니면 우연
인지 확인해야 했을 테니까요."

"음……."

황룡은 중국의 스파이 조직이다. 그리고 뭔가를 조작하기
위해 고의로 사건을 일으키는 것은 스파이 세계에서 흔하게
있는 일이다.

"아마도 안전을 위해 사실인지 확인했어야 할 겁니다. 지
금쯤은 우연이라고 생각하고 있을 테고요."

만일 조작이라면 일단 바뀐 것이 있어야 한다. 하지만 다
른 환자들도 병원에 입원해서 비명을 꽥꽥 지르고 있고, 나
시르가 실종된 것도 아니다.

더군다나 자신의 물건까지 그대로 가지고 있으니 의심은
하지 않을 것이다.

"그렇다고 해도 당분간은 나시르를 바라볼 겁니다. 그리
고 우리에게는 그때가 기회이고요."

노형진은 벽으로 가더니 옆에 있던 커다란 해머, 속칭 오
함마를 들어서 벽을 강하게 내리쳤다.

그러자 드러나 있던 벽이 그대로 무너지면서 건너편의 다
른 통로를 보여 주었다.

"지난 며칠간 공사하느라고 고생이 많았네요."

건물 내부로 들어가기 위해서는 여러 가지 방법이 있다.

하지만 확실한 건, 입구로 들어가거나 옥상으로 들어가는 것은 불가능하다는 것이다.

"그래서 지하를 판 거잖아."

"그렇지요."

노형진은 뒤쪽에 있는 건물을 통째로 빌렸다.

물론 그가 빌린 게 아니라 정부에서 비밀리에 빌린 것이다. 그 후에 고의적으로 지하에 침수 사고를 일으켜서 공사를 이유로 지난 며칠간 계속 지하를 파 내려갔다.

그것도 앞 건물로 갈 수 있도록 비스듬하게.

"황룡파는 사건을 확인하러 그곳에 가 있을 테고, 건물의 주인과 가게 주인은 아래로 내려오지 못합니다. 두려울 테니까요. 충격 감지기가 있겠지만."

노형진은 피식 웃으면서 무너진 벽 너머로 가서는 붙어 있는 감지기를 뜯어 버렸다.

"침수된 게 작동될 리가 있나요."

"헐."

로라는 그걸 보고 혀를 내둘렀다.

그냥 공사 핑계를 만들려고 대대적으로 침수시킨 줄 알았더니 벽에 붙어 있는 충격 감지기를 먹통으로 만들어 버리기 위해서였던 것이다.

"카메라 역시 같은 이유로 작동은 안 할 테고."

노형진은 조용한 공간을 걸어서 안쪽으로 들어갔다. 그곳에는 두꺼운 강철 문이 서 있었다.

"이거, 침수로 안 열리는 거 아냐?"

"아닙니다. 침수로 인해 이쪽으로 물이 스며들기는 했지만 그건 벽 내부 배선만 건드린 거지, 아예 따로 있는 이런 시스템은 물이 접근도 못 했지요."

충격 감지기나 카메라는 어쩔 수 없이 배선을 벽 안으로 넣을 수밖에 없다. 그렇다 보니 옆 건물이 침수되면서 그 물이 스며들어 벽 내부에 있던 회선들이 모조리 엉망이 된 것이다.

그러나 문에 달린 시스템은 물이 여기까지 온 게 아니기 때문에 멀쩡하게 작동하고 있었다.

"이다음이 문제이지요."

노형진은 봉투에서 신발 두 켤레를 꺼내 들었다.

나시르가 신고 있던 그 신발과 똑같은 신발이었다. 아니, 그 신발이라고 하는 게 맞을 것이다.

"나시르는 속았습니까?"

"속았대. 하긴, 양발에 깁스를 하고 있는데 자기가 신어 볼 거야, 어쩔 거야?"

애초에 나시르는 발을 다치지도 않았다. 다만 신발을 신어 보면서 확인하는 것을 막기 위해서 해 둔 것에 지나지 않았다.

다행히 나시르는 똑같이 생긴 신발이 봉투 안에 있는 걸 확인하고는 안도했고 말이다.

'여기서 이들이 실수했지.'

사실 미국은 회귀 전에 여기까지는 무난하게 왔다. 자신과 다른 방식을 쓰기는 했지만 말이다.

그러나 이다음 순간을 몰라서 증거를 몽땅 날려 버렸다.

"이건 몇 가지 함정이 있는 문입니다."

"문?"

"네. 첫 번째는, 고정관념이죠."

"고정관념?"

"네. 일반적으로 사람들은 순서 없이 그냥 위에서부터 열 거든요. 하지만 여기는 순서가 있습니다."

노형진은 가장 먼저 중간에 있는 지문 인식기에 가짜 손가 락을 올렸다.

"그 후에 보통 망막을 하지요. 하지만 그렇게 하면 문은 잠기고 안쪽에 있던 모든 자료는 폐기됩니다."

그는 신발을 뒤집어서 뒷굽을 강하게 당겼다. 그러자 구두 의 뒷굽이 벗겨지면서 신발에서 이탈했다.

"헐?"

"요즘 카드는 외부에 드러나지 않아도 작동합니다. 그러 니까 이렇게 아예 뒷굽 자체에 매몰시키면 카드를 찾을 방법 이 없지요."

이탈시킨 뒷굽을 스캐너에 올리자 삑 소리가 빈 공간에 울 려 퍼졌다.

"그 후에 다시 위로 올라가서 망막을 검증합니다."

작은 화면에 찍혀 있는 나시르의 망막을 확인시키자 다시 들리는 삑 소리.

동시에 뒤에 있던 요원들이 다급하게 들어가려고 했다.

"아직 안 끝났습니다."

"아직 안 끝났다고? 세 개 다 했잖아?"

"분명히 함정이 있다고 했죠. 그리고 세 개가 전부라고 한 적도 없습니다."

노형진은 다시 반대쪽 구두의 뒷굽을 당겼다. 그러자 그쪽도 굽만 구두에서 이탈되었다.

"헐!"

"누가 카드가 한 개만 있다고 하던가요?"

노형진은 다시 이탈한 굽을 리더 부위에 올렸다. 그러자 '삑' 하는 소리가 울려 퍼졌다.

"이런 식이면……."

만일 자신들이 모르는 채로 왔다면 절대 들어가지 못했을 거라는 생각에 로라는 부르르 떨었다. 실제로도 그랬고 말이다.

"함정은 아직 안 끝났습니다."

"아직도 안 끝났다고?"

"네."

노형진은 문 옆에 있는 작은 벽을 더듬거리더니 힘을 줘서 슬쩍 당겼다. 그러자 그 안에서 무언가를 걸 수 있는 작은 고리가 나왔다.

"그건 뭐야?"

"마지막 보안장치죠. 굽이 이탈된 신발은 양쪽 다 정해진 무게가 나오기 마련입니다."

그가 그 양쪽의 고리에 굽을 벗겨 버린 신발을 걸자 그와 동시에 철컥하는 소리와 함께 문이 열렸다.

"뭐 이런……."

"흔한 방식이지요. 그리고 고전적인 방식이기도 하고요. 하지만 그게 현대적 방식하고 호환되면 영 골치 아프단 말이지요."

로라는 고개를 끄덕거렸다.

다들 이러한 문은 그저 암호를 풀어서 열려고 하지, 현대의 누가 이런 몇 가지 함정을 순서대로 풀어서 열려고 하겠는가?

그런데 이건 전자 암호도 풀어야 할 뿐만 아니라 순서까지 맞춰야 한다.

"들어가 보실까요?"

노형진을 따라 요원들은 후다닥 안으로 들어갔다. 그리고 거기에 있는 자료를 보면서 비명을 질렀다.

"이거, 랩터 조종석 설계도 아냐?"

"야, 이거 반사 도료 조성 비율인데?"

드디어 몇 년간 미국의 제1 기밀인 스텔스 기술을 빼내던 스파이들에 대한 명확한 증거가 발각된 것이다.

"이건……."

그중에서 가장 반가운 것은 미국 내에 있는 중국 스파이의 목록이었다.

물론 전부는 아닐 테고 자신들과 일하던 자들의 연락처일 테지만, 그것만으로도 미국은 엄청난 이득을 볼 수 있게 된 것이다.

"못해도 이백 명은 넘겠다."

목록을 보면서 로라는 이를 악물었다.

이것만 있으면 자신은 당당한 국토안보부의 요원으로 인정받을 수 있다. 아니, 그 정도가 아니라 승승장구할 수 있다.

그때 노형진이 그녀의 감동에 초를 쳐 버렸다.

"자, 그러면 제 문제에 대해 이야기해 볼까요?"

⚖️

국정원장은 자신에게 와 달라는 미국 대사관의 연락에 고개를 갸웃하면서 그곳으로 향했다.

'미 대사관이 우리를 부를 이유가 없는데?'

현 정부는 미국과 친밀한 관계를 유지하고 있고, 미국이 자신들에게 딱히 불만을 표현한 적은 없었다.

더군다나 자신은 외교 쪽도 아니고 국정원이다.

물론 스파이들의 세계에는 영원한 적군도, 영원한 아군도 없기 때문에 미국에서 활동하는 요원이 없는 것은 아니나 그건 서로가 다 아는 사실이고, 최근에는 그들의 심기를 건드리지 않기 위해 극도로 조심하고 있었다. 그런데 자신을 부르다니?

"반갑습니다."

"네, 대사님. 그런데 어쩐 일로?"

안내된 장소에서, 국정원장은 왠지 모를 불안감을 느껴야 했다.

일반적인 만남은 접견실에서 이루어진다. 아니면 대사의 사무실이나.

그런데 이곳은 두 곳 다 아니다.

보안실. 서재라고 불리며, 외부에서 어떤 방식으로도 도청할 수 없는 공간이다.

국정원장의 불안감을 안 건지, 미국 대사는 단도직입적으로 말을 꺼냈다.

"요즘 국정원에서 곤란한 걸 건드리더군요."

"건드리다니요? 저희는 외부 업무를 그다지 하지 않고 있는데요."

"CIA 쪽에서 불만이 있습니다. 왜 자기네 비선 조직을 건드리냐고 말입니다. 지금 그쪽에서는 국정원이 전쟁이라도 하려는 거 아니냐고 의심하고 있습니다."

"네? 그, 그럴 리가요?"

아무리 국정원이 대단하다고 해도 미국의 비선 조직을 건드릴 자신은 없다.

더군다나 다른 곳도 아니고 CIA.

그들을 건드리는 순간 전 세계에 나가 있는 국정원 요원들의 이름은 모조리 까발려질 테고, 국정원은 사실상 운영도 불가능하게 된다.

"무슨 말씀이십니까? 저희가 CIA를 건드릴 이유가 없지 않습니까?"

"그쪽에서 이 말 한마디만 해 달라고 하더군요."

"무슨?"

"미다스."

"큭."

국정원장은 침을 꿀꺽 삼켰다.

익히 아는 이름이다. 윗선에서 뒤 좀 캐 보라는 명령이 나왔던 그 이름.

"그게……."

"더 이상 진행하면 저희로서도 전면적으로 대응하는 수밖에 없습니다."

"……."

국정원장으로서는 더 이상 할 말이 없었다.

그쪽에서 이렇게 강하게 나올 정도면 절대로 좋은 게 아니기 때문이다.

'젠장, 어쩐지 드럽게 수익률이 좋더라니.'

전 세계 어느 조직이든 비밀리에 운영하는 기업이 있기 마련이다.

요원의 신분을 감추기 위한 것도 있지만, 스파이 활동이라는 것이 공개적으로 지원을 받기는 힘든 업무이다 보니 수익을 내서 그걸로 운영을 하기 위해서이기도 했다.

그리고 당연히 CIA도 비선 조직을 통해서 기업을 운영한다.

'그게 미다스였어?'

그렇다면 그 터무니없는 수익률도 이해가 간다.

그런 비선 조직들은 망하려고 하는 경우가 아니면 망할 수가 없다. 세상의 비밀 정보에 접근해서 다 알 수 있는데 망할리가.

하물며 한국의 국정원이 운영하는 비선 조직조차 그런데 미다스가 CIA의 비선 조직이라면 자신들과는 비교도 못 할만큼 터무니없이 많은 정보를 가지고 있을 것이다. 그러니 이런 터무니없는 수익률도 이해가 간다.

"바로 조치를 취하겠습니다."

"이런 일로 뵙지 않았으면 좋겠군요."

"네."

국정원장은 더 이상 말하지 않고 나왔다.

마음이 다급했다. 그는 대사관에서 나오자마자 바로 핸드폰을 들었다.

"나야. 당장 VIP 쪽에 연결해. 잘못 건드렸어, 젠장."

그는 명령을 내리면서도 이 사태를 어떻게 해결할지, 머리
가 지끈거리는 느낌이었다.

⚖️

"요즘 말이야, 전 세계가 평화로운 것 같지 않아?"

"응?"

"아니, 그냥 뉴스 보고 있으면 세상이 참 평화롭다 싶은
것 같아서."

손채림은 신문을 넘기다가 문득 느끼는 게 있는지 노형진
에게 말을 건넸다.

"뭐가 조용한데?"

"글쎄…… 뭐랄까. 그냥 그런 느낌?"

"혹시 중국이 좀 조용하다거나?"

"아, 맞네! 전에는 중국이란 미국이 싸우는 분위기였잖아?
그런데 요즘은 그런 게 없네. 중국이 정신 차린 거야?"

"그럴 리가."

"그럼?"

"기밀."

"뭐야, 네가 왜 그런 말을 하는데?"

"진짜 기밀이니까."

"아, 뭔데."

"기밀입니다."

말하라고 성화인 손채림에게 기밀이라는 말만 하면서 싱긋 웃는 노형진.

'그래, 조용할 수밖에 없겠지.'

명단을 확보한 미국은 진짜 번개같이 움직였다. 채 이틀도 되기 전에 명단에 있던 모든 자들이 체포된 것이다.

증거도, 명단도 있으니 체포 자체가 어려울 리 없었다.

'그리고 정치라는 건 참 애매해진단 말이지.'

엄청난 간첩 사건이기는 하지만 정작 미국도 이걸 발표할 수는 없다. 중국과 극단적으로 사이가 안 좋아지면 미국도 손해이기 때문이다.

중국의 입장에서도 블랙 요원이 잡히거나 사망하면 부정하는 게 기본이라고 하지만 한두 명도 아니고 이백 명이니 이건 대책이 서질 않았다. 그야말로 부정할 수도 없는 상황이 된 것이다.

결국 중국은 미국에 엄청난 정치적 양보를 하고 그들을 돌려받을 수밖에 없었고, 당연히 국제적 발언권은 극도로 약화되었다.

전 세계가 바보도 아니고, 이 정도의 사건을 모를 리 없기 때문이다.

당연히 각국은 국내에 있는 중국 폭력 조직과 그들과 연계되었을지도 모르는 중국 스파이들에 대한 대대적인 체포를 시작했고, 급성장하는 경제력을 바탕으로 큰소리를 치던 중국은 아차 하는 순간에 국제적 발언권이 축소된 것이다.

"뭐, 그런 날도 있는 거지. 세상이 매일 시끄러우면 어떻게 살아?"

"쳇, 그놈의 기밀이 뭔지는 끝까지 말 안 해 주네."

"하하하."

"그나저나 지난번에 무슨 문제가 있었다면서, 해결된 거야?"

"깔끔하게."

"더 이상 문제없어?"

"아마도?"

미국에서는 미다스가 자신들의 비선 조직인 것처럼 표현했다. 그리고 국정원은 사실을 확인하려고 하지 않을 것이다.

그들과 전쟁하느니 차라리 모른 척하는 게 훨씬 이득이라는 것을 알기 때문이다.

'그리고 당분간은 알아보려고 하지 않겠지.'

비록 당분간이기는 하겠지만, 한 가지는 확실했다. 충분한 힘을 가질 때까지는 시간을 벌 수 있다는 것.

"가끔은 세상이 평화로워야 하지 않겠어? 하하하."

각국의 정보 전쟁을 격발시킨 노형진은 정작 자신은 평화롭다고 미소를 짓고 있었다.

보이지 않는 따돌림

"거기서 자냐?"

"졸린 걸 어떻게 해?"

"그러면 계속 자든가. 아니, 왜 갑자기 일어나서 브라보를 외쳐?"

"난 끝난 줄 알았지."

"잘하는 짓이다."

"난 클래식파 아니거든?"

지난번에 초청받은 클래식 공연장에 다녀온 이후 노형진 에게는 흔하지 않은 흑역사가 생겨 버렸다. 노형진이 공연을 보다가 졸아 버린 것이다.

물론 워낙 일이 많고 바쁜 사람이다 보니 잘 수도 있다. 실제로 노형진 말고도 잠든 직원들은 많았다.

문제는, 노형진이 갑자기 커진 소리에 놀라서 벌떡 일어나 브라보를 외쳤다는 것이다.

'젠장, 회귀 전에도 클래식은 내 취향이 아니었다고.'

하필이면 그날 공연한 곡이 〈놀람교향곡〉이라 불리는 〈하이든 교향곡 94번〉이었던 것이다.

조용하고 잔잔한 음악이 계속되다가 '쾅!' 하고 크게 음악이 변하기 때문에 그 당시 관객들이 놀라서 별명이 '놀람교향곡'이 된 곡이었다.

"그래도 난 무태식 변호사님처럼 앙코르를 외치지는 않았다고."

"잘하는 짓이다."

"으윽…… 흑역사라니."

노형진은 툴툴거렸지만 이제 와서 뭘 할 수 있는 것도 아니었기 때문에 그저 한숨만 쉴 뿐이었다.

"아, 진짜 억울하네. 그날 잔 사람은 나뿐이 아닌데."

"그냥 다음번에는 아이돌 콘서트로 가자."

"장난해?"

"아닌데? 난 진심인데? 남자 아이돌 콘서트로 가자."

"갈 거면 여자 아이돌한테 가야지, 왜 남자 아이돌한테 가?"

"여직원이 더 많거든!"

"표는 법인 카드로 긁거든! 그리고 내가 임원이거든!"

반쯤 장난삼아서 티격태격하는 그때, 문이 열리면서 들어오는 사람.

그는 얼굴에 피곤한 기색이 가득한 무태식이었다.

"아니, 무 변호사님. 어쩐 일이십니까? 뭔 일 있어요?"

"우⋯⋯."

"무슨 일이신데요?"

"마누라가 자꾸 놀려요."

"네? 민시아 변호사님이요?"

"네⋯⋯ 저만 보면⋯⋯ 앙코르라고⋯⋯."

"큭."

하필이면 그때 민시아 변호사가 함께 갔고, 민시아는 남편인 무태식이 앙코르를 외치는 걸 보고 빵 터지고 말았던 것이다.

"부부 사이의 흑역사는 30년은 갈 텐데."

"우우우⋯⋯."

손채림의 말에 무태식은 더욱 절망적인 얼굴이 되었다.

"그냥 일에 집중하면서 잊고 싶네요."

"동감입니다."

물론 마누라는 없지만 손채림이라는 복병이 있는 노형진도 참으로 무태식의 기분에 동감하고 있었다.

'저 녀석이 동창 녀석들한테 까발리는 거 아냐?'

앙코르나 브라보나 도긴개긴이니 노형진은 슬쩍 말을

돌리면서 사건을 진행시키기로 했다. 사건을 하다 보면 다 잊어버릴 거라 생각해서 말이다.

"사건 적당한 거 있냐?"

"말 돌리는 거야?"

"아니거든. 업무 시간이거든!"

"그래, 알았다, 알았어."

손채림은 슬쩍 모른 척하면서 가지고 있던 사건을 노형진에게 건넸다.

"이건 뭐야?"

"사건이지 뭐야."

"사건? 그런데 왜 네가 가지고 와?"

"그냥 우연히 서류 정리하다가 발견했어. 우리 아니면 해결하기 애매할 것 같아서 말이지."

"뭔데?"

"왕따."

"왕따?"

왕따라는 말에 노형진은 기분이 좋지 않았다.

자신이 회귀하고 나서 가장 먼저 해결한 것이 다름 아닌 왕따였다. 게다가 그 당시 사건의 피해자는 자신의 현재 매형이었고, 가해자는 회귀 전의 매형이었다.

결국 가해자의 인생을 파멸시키면서 그와 엮여서 죽을 수밖에 없었던 자신의 누나를 구할 수 있었다.

"왜?"

"아니, 그냥 옛날 사건이 생각이 나서. 그런데 웬 왕따야?"

왕따는 너무나 자주 일어나는 사건이기 때문에 가장 먼저 대응책이 구성된 사건이기도 하다.

사실 왕따 사건의 해결책은 간단하다. 그냥 형사 고발만 제대로 하면 된다.

법적인 형사처벌의 나이는 13세다.

교도소에는 보내지 못하지만 소년원에 보낼 수 있고, 학교에서 소위 말하는 가오를 잡고 건들거리는 녀석도 정식으로 고발되어서 수사가 진행되면 잘못했다면서 징징 짜는 것이 일상이었다.

"방법은 간단하잖아?"

사건을 은폐하는 선생은 업무상 배임으로 고발하고, 학교장 역시 은폐하려고 하면 고발하면 된다.

즉, 자비를 보이지 않으면 학교 내의 학교 폭력은 사라질 수밖에 없다.

"그러니까 문제인 거야."

"그게 문제라니?"

"이건 네가 말한 규칙하고 좀 달라. 여중에서 벌어지고 있는 일이거든."

"여중?"

"그래."

"여중이랑 그게 무슨 관계야?"

"네가 말한 건 보통 남자들의 방식이지. 물론 여자들도 그렇게 하기는 하지만, 여자들의 방식은 좀 더 치밀하고 치명적이야. 왕따라기보다는 은따지."

"은따?"

"그래."

"흠……."

노형진은 은따라는 말에 고개를 갸웃했다. 그 단어가 뭔지 살짝 감이 안 왔기 때문이다.

다행히 무태식은 그 단어에 대해 잘 알고 있었는지, 노형진에게 천천히 설명해 줬다.

"왕따와는 다르죠. 그래서 처벌하기가 애매해요. 확실히 이건 노 변호사님이 한번 방법을 잡아 줘야겠는데요?"

"은따가 뭔데요?"

"은근한 왕따의 줄인 말이라고 보면 됩니다."

"은근한 왕따요?"

"네."

왕따는 한 명을 괴롭히고 폭행하고 그에게서 재산적 이득을 강제로 취하는 행위 같은 것이 행해진다.

하지만 아이들이 다른 아이들을 괴롭히는 방식은 그것만 있는 게 아니었다.

"은따의 경우 폭력적인 방식은 생각보다 거의 쓰이지 않습니다. 차라리 폭력적인 방식이나 돈을 목적으로 하는 폭행 같은 경우는 확실하게 처벌이 가능하지요."

"그런데요?"

"그런데 은따는 목적이 그게 아니라는 겁니다."

"목적이 그게 아니다?"

노형진이 이해하지 못하는 듯하자 손채림은 은따에 대해 좀 더 쉽게 설명했다.

"왕따나 폭행이 직접적이고 육체적이라면, 이건 심리적인 가혹 행위야. 그리고 왕따나 폭행이 금전이라는 이득을 취하기 위해 갈취가 동반된다면, 은따의 목적은 그냥 괴롭힘 그 자체야."

"괴롭힘 그 자체라고? 그건 고문이잖아?"

손채림은 고개를 끄덕거렸다.

확실히 은따는 심리적 고문이라고 할 수 있다.

"문제는, 우리나라는 심리적인 부분에 대해서는 거의 인정해 주지 않는다는 거지. 특히나 이렇게 오랜 시간 계속 벌어지는 은따 같은 경우에는 더더욱."

"흠……."

아직 은따가 뭔지 정확하게는 모르지만 대충 무슨 짓인지, 노형진은 알 것 같았다.

'그건 폭행보다 어떤 면에서는 더 최악인데?'

폭행은 그래도 치료할 수 있는 외부적인 상처를 만든다.

하지만 그런 심리적인 고문은 치료도 하기 힘든, 심각한 내면의 상처를 만든다. 그리고 그 상처는 점점 더 주변 사람들에게 퍼져 가는 성향이 있다.

심리적 상처는 육체적 상처와 다르게 다른 사람들에게 퍼지며 그들을 잠식한다.

가령 한 명이 우울증을 겪으면 다른 가족들은 그 사람을 치료하다가 같이 우울증에 걸려 버리는 것이다.

이게 심각해지면 가족끼리의 동반 자살 같은 극단적 상황이 나타나는 것이다.

"아직 분류는 안 되기는 했는데. 내가 봐서는 이건 다른 사람이 해결하기는 좀 어려운 것 같아서."

"하긴, 그럴 것 같네."

"제가 봐도 그렇습니다. 은따는 워낙 은밀해서 말이지요."

차라리 흔적이 남는 왕따나 폭행은 그걸 증거로 감옥으로 보내 버리고 그 후에 피해자의 치료에 신경 쓸 수가 있다. 하지만 은따는 그게 아니다.

"은따는 보이는 게 아니기 때문에 가해자를 처벌할 수도, 그렇다고 전학 보낼 수도 없어. 그렇다고 피해자가 언제까지 도망만 다닐 수는 없고."

"그런데 그런 심리적 고문이 애들 사이에서 유행한단 말이야?"

"솔직히 학교마다 있을걸."

"학교마다?"

"그래, 왕따의 경우는 워낙 티가 나니까 우리도 어떻게 대응을 할 수 있지만 은따는 영 티가 안 나서 못 찾고 있을 뿐일 거야."

"흠……."

손채림의 지적은 정확했다.

왕따의 경우는 갑자기 돈이 많이 사라지거나 아이의 몸에 상처가 많이 생기거나 해서 부모가 알아차리지만, 은따는 그게 아니다.

"도대체 어떤 사건인데?"

노형진은 자신들에게 접수된 서류를 받아 들었다.

그다지 잘 쓴 글씨는 아니지만 여학생이 쓴 듯한 글씨로 또박또박 소장을, 아니 지원서를 써 놓았다. 돈이 없기 때문에 대룡평등재단을 통해서 지원을 받기 위해서였다.

"헐."

노형진은 그 서류를 보고 기가 막힌 나머지 말이 안 나왔다.

"이런 게 학교에서 벌어지는 거라고? 그것도 여학교에서?"

"그래."

"선생이 그냥 뒤?"

"그래서 은따가 무서운 거야. 근본적으로 흔적을 잡는 게 어렵고, 잡는다고 해도 아주 강하게 처벌할 수 있는 수준이 아니라서 말이야."

"음……."

소장에 써 있는 범죄행위는 터무니없는 심리적 고문 행위들이었다.

책을 훔쳐 가서 찢어 버리는 것은 아주 흔한 일이었고, 누구에게도 말도 하지 못하게 한다거나 선생님조차도 그를 적대하게 만들기도 한다.

또한 교복의 마이를 가져다가 개똥에 문지르거나 침을 잔뜩 뱉어서 침으로 범벅해서 가져다 두기도 했다는 것이다.

그런데도 이러한 것들은 약과이고, 실제로 벌어진 일을 보면 한 사람의 인간성을 말살하기 위해 지독할 정도의 감정적 고문이 계속되고 있었다.

"이게 지금 여중에서 벌어지고 있는 일이라고?"

"그래."

"그놈의 학교는 뭐 선생들을 병신들만 모아 놨나? 이걸 그냥 둬?"

노형진은 기가 막혀서 물어볼 수밖에 없었다.

이건 자신이 본 수많은 정신적 탄압들 중에서도 지독한 수준이다. 이보다 높은 건, 거의 납치범들이 피해자를 고문하는 정도뿐일 것이다.

"학교에서는 증거가 없으니 할 말이 없다는 거야."

"증거가 없으니 할 말도 없다?"

"그래."

"전형적인 변명이네."

우리 학교에는 왕따가 없습니다, 우리 학교는 행복한 학교라 은따 같은 거 없습니다, 그렇게 말하지만 정작 그 학교는 썩어 문드러지고 있는 상황인 것이다.

"선생님들한테 말해 봐도 어차피 곧 안 보게 될 사이이니 네가 조금 참아라, 그러면 네가 편하다 이렇게 말한다는 거네."

"경찰은?"

"그게 애매해."

기껏해야 적용할 수 있는 게 재물 손괴죄이다. 문제는 그런 걸로는 막나가는 애들을 통제할 수 없다는 것.

"그리고 형사처벌을 하고 싶어도 재물 손괴와 관련해서는 그다지 강한 처벌이 있는 것도 아니고 말이지."

"끄응······."

대한민국 법원은 정신적 고문에 대해서는 그다지 관심을 가지지 않는다. 그래서 정신적 손해배상은 청구해도 그다지 많이 인정하지 않는다.

그러니 점점 사람들은 정신적으로 지치는 것이다.

"흠······."

노형진은 여학생의 신청서를 계속 읽었다.

읽고 읽고 또 읽었다.

그 간절함 두려움. 그리고 공포······.

'어떻게 보면 진짜 왕따보다 더 큰 문제일 수도 있겠어.'

하지만 문제는 이건 폭행이나 갈취가 동반되지 않기 때문에 처벌이 쉽지 않다는 것이다.

아마도 다른 변호사들이라면 기껏해야 손해배상 정도만 청구하라고 할 것이다.

'물론 해야겠지.'

당연히 민사로 사건을 해결해야 한다.

하지만 그런다고 해서 피해자에게 생긴 심리적 상처가 치료될 리 없다.

그리고 그 상처는 육체의 상처보다 훨씬 오래간다.

"이 사건……."

노형진은 서류를 탁 덮었다.

"내가 하도록 하지."

노형진의 목소리에서는 은은한 분노가 풍겨 나오고 있었다.

다음 권으로 이어집니다

200평 초대형 24시 만화방

수면실 (침대식) — 사우나석
다인석 — 샤워실
세탁기 — 신간100%

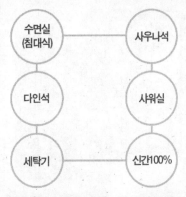

📖 수원 인계동점

니헤석거리 ● ● 농협
CGV ● 수원시청역⑧ ●
무비 사거리
소주한잔
건물
24시 만화방 3F ● 홍콩반점 ● 홈플러스

TEL : 031-226-3771
수원시 팔달구 인계동 1041-11 3층 24시 만화방

📖 의정부점

의정부역④⑤ ─ 흥선지하도
◀서울방향
진성약국 ● 던킨도넛츠 ●
24시 만화방 3F

TEL : 031-856-3971
경기도 의정부시 의정부동 197-13 3층

📖 주안점

주안
남부역
◀제물포 민병철 간석동▶
어학원 ●
25시 만화방 6F

TEL : 032-426-2871
인천광역시 주안남부역 지하상가 4번 출구 GS25시 건물 6층

📖 안양점

● 안양역 육교
◀관악역 명학역▶
농협 ● 24시 만화방 2F
안양일번가

TEL : 031-466-3771
경기도 안양시 안양동 674-163 조이당구장건물 2층

ROK
MEDIA
롬미디어

시바의
후예

엽태호 장편소설 2부

무자비한 신의 암살자
『시바의 후예』가 돌아왔다!

더러운 음모에 희생된 가족
인도 암살단 떠끼와의 기연
그리고 손에 넣은 파괴 신 시바의 초능력!

"절대 잊지 않을게. 내가, 내가 죽여 버릴 거야."

복수를 마치고 허무에 빠진 김태민
모든 것을 버리려던 그를 붙드는 강렬한 욕망!
그 발걸음은 이제 어둠 속에만 머무르지 않는다!

복수의 시간은 끝났다
이제 세계를 손에 넣는다!